by Sophia

Sophia 作品集15

The Most Beautiful Flowers for You

在花季之前綻放

01

空氣中瀰漫著濃郁香甜的氣味。

應該左轉的我忍不住繞了一大圈，一步步走近馥郁的源頭，甜膩，像青春的開場白，卻是別人的舞台劇。

「……得不到的，總是越讓人渴望。」

我眼睜睜看著一個穿著跟我同校制服的馬尾女生夾起架上的核桃乳酪麵包，剛出爐的，接著她又毫不猶豫地將另一個綴滿草莓的麵包放進盤子，是這個月的限定商品，更重要的是，那是最後一個。

——最後一個。

儘管理智上明白它和其他同類沒有太大的區別，甚至可能因為擺在架上最久，反而失去了某一部分的美味，但那畢竟是最後一個啊，對站在麵包櫃前面的客人來說，那就意味眼前只擺著唯一一個機會了。

此刻我心中的懊惱，簡直就跟國小畢業典禮那天依然沒有跟暗戀對象告白一樣。

沒關係，還有明天啊。一個又一個明天被放棄之後，忽然發現架上最後一個貼著「明天」的麵包也被拿走了，剩下的「今天」，在我的猶疑之中也徹底過期了。

「果然，剛出爐的麵包跟戀愛一樣，無法屬於自己就不要強求。」

我嘆了口氣，不知為何，只要一踏進超市總是讓我變得特別多愁善感。

搖了搖頭，我將注意力拉回手上的購物清單：洋蔥、馬鈴薯、紅蘿蔔、咖哩塊，還有一罐醬油。比起浮誇的草莓麵包和虛幻的愛情，樸素又能帶來十足飽足感的咖哩才是腳踏實地的現實。

「——王慕寧。」

我才剛把身體從麵包櫃轉向，抬起的右腳還來不及跨上通往咖哩塊貨架的通道，因為一聲突如其來的叫喚，腳尖中途落在曖昧模糊的位置。

花了幾秒鐘，我依然沒能判斷出誰在喊我。

聲音的主人慢慢朝我走來，是個戴著粗框眼鏡的男孩，我又想了好幾秒，依然捕捉不到任何印象。

他繃著臉安靜地盯著我。

「有什麼事嗎？」

我和粗框男孩之間的空氣顯得異常微妙。

青春期的男孩子似乎任何的什麼都顯得彆扭，無論是表情姿態，或是處於變聲期的音調，彷彿只要他們站在那裡，周旁的一切便會突然不安定了起來。

「我有話想跟妳說。」

真是一句最糟糕的開場白。

需要醞釀才能夠被拋擲出來的言語，勢必挾帶一份難以被承接的重量，畢竟，總不會有哪個人特意進行漫長的鋪墊，只為了單單純純地告訴對方一句：

「今晚的月色真美」。

月亮偶爾也很無辜。

我能感同身受，我是指月亮總是被牽連的部分，畢竟我也時常置身於十分無辜卻又無可奈何的情境之中，百分之九十九的禍因來自於跟我從小一起長大的葉承佑，但我又看了粗框男孩一眼，似乎今天恰巧是那之外的百分之一。

於是我默默地往後退了一小步。

「我不認識你，而且我有點趕時間。」

「只要說幾句話就好，不會佔用妳太多時間。」

我很想告訴他，這不是佔用一分鐘或者一小時的問題，是我根本不想聽啊，再說了，儘管超市在我的理解上是個嶄新的場景，但眼前的構圖、男孩的表情、空氣的流動方式，一個個散落的元素突然間拼湊起非常俗套的暗示。

我的身體猛然一僵，簡直像有道柯南閃電劈過我的腦袋。

表哥從小就一再告誡我——在對方燃放鞭炮時要避免引起火災的最佳方法，不是做好防火準備，而是打從一開始就不讓鞭炮有機會爆開。

「我——」

「我到門口等妳。」

男孩截斷我的話，連零點一秒的反應時間都不留給我，轉身就跑出超市。

在我極力進行防火準備的間隙，他直接把點了火的鞭炮扔到我腳邊，無論我跳得多遠，都已經染上煙硝了。

我傻眼地看著他快速縮小的背影。

「縱火之後就逃跑，這根本是犯罪吧！」

愣了三秒鐘我才發現，粗框男孩的逃跑是因為走道的另一側走來一個大叔，我眼睜睜地看著對方拿走了我家偏執狂表哥指定的咖哩，非常不湊巧，那剛好是最後一盒。

無語地我望了一眼蒼天，卻只看到有些灰暗的天花板。

在貨架前來回踱步走了好幾分鐘，我終於接受晚餐菜單不得不從咖哩飯改成馬鈴薯燉肉的現實。

儘管我整個人的身心都做好了吃咖哩的準備，但假使我買了架上其他牌子的咖哩塊回家，表哥也絕對不會用的。

——這世界上所有的將就都會留下遺憾，不要想著「至少曾經擁有過相似的一切」，正因為尋求這種自我安慰，才會更強烈感受到贗品的可悲，不管是戀愛對象或是蜂蜜，都不要心存僥倖。

去年七月的第一個星期，我記得非常清楚。

表哥吩咐我和葉承佑到必須坐半小時公車才能抵達的有機商店買蜂蜜，途中我的意志力一度喪失，被某人蠱惑跑去吃了雪花冰，雖然非常不應該，但草莓煉乳雪花冰真的很值得犯罪。

總之，理智回籠之後，我和葉承佑不得不掏出身上所有財產，哀傷地發現我們居然買不起表哥指定的高價蜂蜜。

「每次我前往地獄的路上總是有你這傢伙。」

「就跟妳說了，做人要樂觀一點，任何一件事都有解決的辦法。」

葉承佑想出來的辦法就是買了一罐不同牌子的蜂蜜，一回家就把蜂蜜倒進舊的玻璃罐裡，並且銷毀所有證物。

沒想到，被他稱為完美犯罪的偽裝蜂蜜事件，表哥一轉開蓋子，連三秒都不到就拆穿了他的偽裝。

接下來的一星期，我跟葉承佑都活在水煮料理的地獄裡。

表哥說，要我們好好面對食物真實的樣貌，任何的虛假在被揭穿之後，都必須付出代價。

從此我便深刻地記取教訓，不要隨意尋找替代品來填補某個人的期盼，也不要為了想完成購物清單的要求，拿了自以為差不多的食材。

我忍不住又嘆了一口氣。

不屬於我的草莓麵包、沒買到的咖哩，以及，透過玻璃窗能清楚看見的、我不想面對的粗框男孩。

「真是充滿考驗的一天。」

提著充滿重量感的購物袋，無論我走得多慢，跟真相一樣，這間超市的出口也只有一個，而粗框男孩就站在門邊等著我。

「謝謝光臨——」

公式化的女聲，緩慢往左右拉開的玻璃門，全然不同的溫度與氣味霎時朝我撲打而來，彷彿強勢宣告場景啪地一聲被轉換了。

我感覺自己似乎跨過了一道無形的界線，前方的區域寫著——

戀愛警戒區。

這一刻的我並不會知道，某些界線一旦跨越了，要找到離開的出口並不是一件簡單的事。

「袋子我幫妳拿……」

「我自己提就好。」

粗框男孩朝我走近了一些，彆扭的空氣彷彿也跟著濃重了一點。

我尷尬地把購物袋換到另一手，又悄悄拉開兩人之間的距離，碰上這種狀況我總會有種要冒出疹子的不舒服感，我祈禱時間能流逝得快一點，但說有話要說的粗框男孩卻緊緊抿著唇。

沒辦法，我只好咬牙拿針戳破懸在他頭頂上那顆要破不破的氣球。

「你找我有什麼事嗎？」

「我在妳跟朋友常去的那間飲料店打工。」

然後呢？

難道我忘記付錢所以你特地來堵我？

我忍不住偷覷了粗框男孩一眼，顯然現在不是能付錢了事的氛圍。

「抱歉，我沒有什麼印象……」

果然，他稚嫩的臉龐染上了明顯的失望，卻沒有被我刻意釋放的疏離擊退，我有些自暴自棄地盯著自己的帆布鞋，卻發現右腳側邊有塊讓人在意的污漬。

經過一個短促的呼吸，粗框男孩用著像被體內的衝動強行扳開開關的表情，以三倍的音量擠出話來。

「我、我一直很喜歡妳，我知道妳根本不認識我，但妳能不能，給我一個機會跟妳做朋友。」

粗框男孩的聲音有隱約的顫動。

卻還是一個字一個字非常清晰地傳遞過來。

「我希望能和妳從朋友開始，就算最後只能是朋友，也沒有關係。」

從朋友開始。

聽起來似乎是不輕不重的要求，不過只是朋友，但他身後拖曳的影子卻擺著一份鮮明的喜歡，天秤打從一開始就處於傾斜的狀態，而我的平衡感從來就不夠好。

我忽然想起表哥說的話。

「小寧，就算妳認為心軟餵一隻流浪貓並不是件大事，但在飢餓時刻獲得食物的貓或許因此就對妳產生依賴感，更別說是人類這種習慣過度解讀、又擅長得寸進尺的生物，先跟妳要一顆看起來沒什麼的糖果，接著是一包巧克力、一盒甜甜圈，到最後就跟妳索討一間蛋糕工廠，如果妳沒有建造蛋糕工廠的能力，一開始就應該自己吃掉那顆糖果。」

朋友。

男孩這麼說，他臉上卻明白寫著「我想要一間蛋糕工廠」。

我微薄的零用錢還得存下來替下星期生日的葉承佑買禮物，別說蛋糕工廠，我連一盒甜甜圈都買不起。

「謝謝你，但我比較習慣順其自然的方式，要特地想辦法成為朋友太辛苦了。」

粗框男孩的神情有些困惑，花了一點時間理解我的話意，臉色似乎在昏黃的日光映照下顯得更加黯淡，他握著拳像在忍耐些什麼一樣。

我好想拔腿逃離現場。

像我這種連糖果都買不起的傢伙不值得你留戀。

「我該回家了。」

小心尋找著適合轉身的時間點，我抬起腳往前跨了兩步，很好，就這樣讓我悄無聲息地從他的喜歡中緩緩淡出，等到我跨出戀愛警戒區，我和他就能各自安好了。

沒想到，劇情卻急轉直下，粗框男孩兇猛並且急切地擋住我的去路，散發著「快把糖果交出來」的氣勢，扯住我的手腕。

他的力氣大得讓人無法掙脫。

不對，畫風怎麼突然從青澀的少女漫畫轉成霸道總裁不放妳走？

「能聽我把話說完嗎？」

「你可不可以先放開我？」

我有點膽小。

更準確地說，在這種情況下，每一個女孩理應都會感到害怕。

我一邊詛咒著沒事總拖我下地獄，有事卻遲遲不出現的葉承佑，一邊計算著哪條拋物線能比較精準地用裝滿重物的購物袋砸退男孩。

……我錯了，我不應該在物理課上偷寫數學作業的。

不管了，反正牙一咬，猛砸過去再亂揮個幾下好歹能打中幾下吧，更別說我今天可是拎著重得要命的紅蘿蔔跟馬鈴薯呢。

「你放開我，不然——」

「這是妳的緞帶嗎？」

一道輕快的嗓音突兀地竄進我和粗框男孩之間，完全無視周旁凝滯的空氣，彷彿毫無來由的一道風，輕巧地便將即將墜下瀑布的船吹往另一個方向。

我愣愣地側過頭，散發淡淡光澤的藍色緞帶映進了我的雙眼。

緞帶？

這又是什麼展開？

抬起頭來，一張清朗好看的臉龐染上夕陽淡淡的金色光芒，忽然間我分不太清楚眼前的少年是不是海市蜃樓。

直到他又說了一句話。

「妳的緞帶。」

他的出現似乎拉回了粗框男孩的理智，粗框男孩像嚇到一樣猛然鬆手，接著轉身就跑，留下的只有印在我手腕上的紅色痕跡。

和藍色緞帶形成鮮明的對比。

少年的眉心似乎隱約地蹙起，若有似無的嘆息聲飄過，他輕緩地將緞帶綁在我的手腕上，覆蓋住刺眼的紅印。

我找不到適當反應，最後只能愣愣地道謝。

「謝謝。」

「我只是把緞帶撿起來而已。」

「你——」

「王慕寧！」

一道清亮的聲音打斷了我跟少年之間有些魔幻的時刻。

少年揚起笑，我晚了好幾拍才注意到，他正抱著一束尚未綻放的白色玫瑰，畫面強烈到相當非日常。

「那我先走了。」

「他誰？」

葉承佑接過購物袋，視線卻跟著少年的背影移動，我不想他追問，又感到一股委屈席捲而來，忍不住用力地踹了他一腳。

「你的六點是不是比整個世界都晚了半小時？」

他沒有歉意，反而得意地將一個紙袋塞往我的手心，熱熱燙燙的。

「巷口那攤神秘的雞蛋糕居然被我遇上了，我排了半小時才買到耶。」

嗯、我一定跟這傢伙磁場不合。

不過這攤雞蛋糕實在不是普通的好吃，為了安慰我受驚的小心臟，我決定獨吞整包雞蛋糕。

「妳還沒說剛剛那傢伙是誰。」

「幫我撿起緞帶的人。」

我和葉承佑踩著影子走回家，手中的藍色緞帶傳來一種還留有餘溫的錯覺，我想了下，決定用緞帶紮了個馬尾。

「沒看過妳拿緞帶綁頭髮。」

「新的。」

我今天之前也沒看過。

02

藍色緞帶的緞面在燈光映照下彷彿水面般波光粼粼。
像海一樣。
盯著緞帶一整晚，我開始覺得用「藍色」輕易地去概括眼前的色彩太過曖昧又不負責任了，彷彿那樣普通平凡的形容會溶蝕到屬於它的流光。
於是我花了半小時上網比對色譜，然後，我第一次強烈地感受到，自己的辨色能力實在有點糟糕。
「一整排藍色長得根本差不多啊！」
在我幾乎要放棄的瞬間，手上的緞帶終於找到貼近的名字。
「應該、是這個吧……」
矢車菊藍。
一個不存在於我的日常的詞彙。
我下意識打了電話給人就在樓下的葉承佑，確認他也對矢車菊藍一點概念也沒有，才終於揮散「我是不是很無知」的自我懷疑。

「……但是這一整排藍色，在今天之前不管在色譜的哪個位置，對我來說也就只是藍色而已。」

我漫不經心地將緞帶纏繞在原子筆上，到了終點又倒帶般解開，接著再度纏繞，反覆，來回，手腕上的紅色印子已經淺到幾乎看不見，但正是介在即將消散的邊界，一股隱約卻不容忽視的恐懼感漸漸滲了出來。

但我一個字都沒向葉承佑或表哥透露，一旦說了，八成那個男孩就見不到明天的日出了。

這樣想起來，那個捧著白色玫瑰的少年不僅救了我，也救了對方。

做人要知恩圖報。

趴在桌上我糾結地抱著腦袋，對我來說欠了人情比欠債還讓人糾結，不僅如此，我還愣愣地收下緞帶，這些也不是還不起的，但最大的問題是——

「我根本連他是誰都不知道啊！」

「妳趴在桌上滾來滾去做什麼？數學又不及格了嗎？」

突然一張陽光帥氣卻掛著討人厭笑容的臉龐湊了過來，卻精準拿捏在我的手揮不到的位置。

「想被揍你可以不用說話直接把臉靠過來。」

「妳答應我不能打臉的。」葉承佑衡量了一下現場，又稍稍退了一步。「哥烤了水果派。」

「水果派？」我瞄向書桌上的鬧鐘，十點半。「他剛剛還說我變胖了要我少吃點零食。」

「食物鏈最上層的人要做什麼，我們是沒辦法反抗的，但他可能會為了鍛鍊妳的意志力，一邊餵食妳，一邊要妳消耗卡路里。」

真是有說服力的想像畫面。

我把緞帶收進抽屜，站起身跟著他下樓。「階級果然是殘酷的。」

在這個家裡，掌控廚房的人就是王。

我跟葉承佑堅信，外公的基因裡絕對藏有會搞砸各種料理的遺傳因子，媽媽和阿姨很忠實地將遺傳因子往下傳遞，表哥並不是例外，我到現在都沒辦法忘記他替我做的第一道料理，那碗麵體糊掉、豬肉片卻沒熟的泡麵實在是讓人一言難盡。

他的突變是後天的。

表哥在結束升學考試之後，宣告要學習料理，揹著背包消失了一整個夏天。

當他提著一盒宣稱是自製的草莓蛋糕回來，我跟葉承佑的表情簡直比出門散步卻遇到外星人問路還要震撼。

不、碰上外星人可能還比較好接受。

從那天起，表哥毫無阻礙地攻佔廚房，扭轉了這個家的味道，利用異常美味的食物迫使我們臣服，一步步踏向食物鏈的最上層。

想想還真是勵志。

但葉承佑只花了一秒鐘就戳破了寓言故事的真相。

「但就算他不會煮飯也還是食物鏈最上層。」他拉開餐桌的椅子，瞄了眼正以好看到不可思議的手切開水果派的表哥。「不過，比起他逼我們吃下一堆不應該存在人間的食物，現在的狀態實在好了不止一萬倍。」

也是。

反正都是被統治，至少現在還有好吃的食物。

我和葉承佑最大的共通點就是看得很開。

然而，表哥信奉的宗旨卻是必須在日常中砥礪弟妹，於是他在通往美味水果派的路上，擺滿了扮演地雷角色的巨量奇異果。

我和某人對望了一眼，微妙的停頓之後，彷彿有哪個人躲在一旁鳴槍示意選手起跑，簡直像百米衝刺一樣，只為了爭奪奇異果插旗比較少的那一塊水果派。

「葉承佑過來端茶。」

幾乎要決定勝負的瞬間，表哥輕飄飄的一句話就提前宣判結果，我同情地看向葉承佑，無視他的悲憤目光，沒辦法，人生總是不公平的。

「世界本來就是不公平的。」我語重心長地拍了拍他的肩，「沒辦法得到表哥歡心的你，多受點磨難也是必然的。」

食物鏈最底層的他三秒鐘就接受事實，他拿起閃爍著銀光的叉子仔細挑掉奇異果，接著大口吃著剛出爐的甜點。

我也開始進行移除奇異果的事前準備。

說起來，我跟葉承佑雖然是年齡相近的表姊弟，但或許正因為生日僅僅相差兩個月，反而讓關係更加彆扭，至少在成為彼此的闖禍小夥伴之前，他一次都沒喊過我表姊，我們之所以親近起來的契機，就是都不喜歡奇異果這件事。

在我搬進阿姨家之後，表哥不斷逼迫我們攝取奇異果，更促進了我跟葉承佑共患難的革命情感。

「世界中存在各式各樣的事物，你們最好認識一件事物最自然、最應該的模樣，這樣才能得出最切合現實的感想，並從中做出最適合自己的選擇。」表哥語重心長地說，「所謂的選擇，不是對一個人考驗，而是對一個人的映現。」

例如我和葉承佑第一步都是挑掉奇異果，然而，他會在最後憋著氣一口氣解決奇異果，我卻會先忍耐地吃完，再用香甜的味道設法消除奇異果痕跡。

表哥的樂趣大概就是拿身邊的所有人來做社會實驗。

但今天葉承佑卻突然湊了過來。

「我可以幫妳吃掉奇異果。」

有詐。

我警戒地瞇起眼，筆直地盯著他那張爽颯漂亮的臉。

「妳幫我一個小小的忙就好。」

「不要。」

「一年份的奇異果都算我的。」

「這種交換更可怕。」

我默默將椅子往右邊移了點，葉承佑熱燙的手卻拉住我的手腕，恰好，重疊在被男孩緊緊抓住的位置。

「我有喜歡的人了。」

介在男孩與男人之間的嗓音緩緩地流盪在滿溢著甜味的餐廳裡，我詫異地抬起頭，迎上他無比認真的臉龐。

我沒有預料到，會在一天內兩度碰觸到另一個人的喜歡。

不要問。

沒人追問的八卦就不會掀起波瀾。

「然後呢？」

「她不認識我，我也不覺得自己和她會有多少可能，但是，妳知道我不可能一點努力都不做就宣告放棄。」

他說。

「我想找一條能夠稍微走近她的路。」

03

「這確實離她滿靠近的。」

我忍不住翻了白眼，葉承佑摀住我的嘴，低聲在我耳邊說話。「小聲一點。」

「兩年份奇異果，不然我就大叫。」

「一年半。」

「啊——」聲音才剛被擠出喉嚨，我再度被摀住嘴。

「知道了啦。」

不趁火打劫就是笨蛋。

畢竟在這種情境下，葉承佑是無法抵抗的。

從十分鐘前，我和葉承佑就貼著粗糙的水泥牆面，盡可能地隱藏起身體，盯著不遠處的馬尾女孩，觀察，他堅持用這個詞，但無論從哪個角度來看都是跟蹤。

「你知道手機有錄影功能。」

「現場實感是沒辦法被取代的。」

「你只是拿我來降低你被當成跟蹤狂逮捕的風險。」

「沒辦法啊，暗地觀察這種事，一個人進行帶來的變態感實在太重了。」

看來他很清楚狀況啊。

是我的錯，把他當作一個剛陷入愛情的單蠢少年是我判斷錯誤的第一步，我怎麼會認為長期受表哥壓迫的人還能保留多少正直。

昨天的自白不過是鋪墊，重頭戲擺在今天早上，出門前他忽然拉住我的手，用小狗般濕漉漉的眼眸望著我，央求我許他一個生日願望。

生日是下星期的事，葉承佑知道我這週末才會去挑禮物。

在省下禮物錢跟一年份奇異果自由日的雙重誘惑之下，我的意志力像擺在盛夏中午的冰塊一樣消融得無影無蹤。

「跟蹤暗戀對象除了滿足你變態的心，你還想得到什麼？」

「是觀察。」他相當嚴正地糾正我，「實驗課不是教過，透過反覆的觀察來蒐集資料，材料充足之後才能寫出分析報告。」

「原來你把喜歡的對象當鍬形蟲。」

「我最喜歡鍬形蟲了。」

他用著生無可戀的語調附和我，看來他已經放棄掙扎了，果然，表哥說得沒錯，這世界上最能吞噬人的就是愛情。

不遠處，像百合花乾淨美好的吳欣蓓隨意地將垂落的頭髮塞往耳後，簡直像青春愛情劇的經典畫面，就差一點濾鏡和逆光了。

吳欣蓓。這個名字從葉承佑口中滑出的時候，我有種「我家少年果然只是個凡人」的喟嘆。

沒辦法，扣除掉層級截然不同的「那個陳雯」之後，學校裡男孩女孩一樣熱衷於票選校花的活動，吳欣蓓總是擺在最熱門的位置。

但世俗的眼光未必是絕對的，例如葉承佑也一直佔據校草候選的坑，所以對我票選結果始終抱持著懷疑的態度。

我輕輕抬起眼，恰好瞥見葉承佑正無比專注凝望著她，好吧，在少年的體內大概有內建戀愛濾鏡，映現在他眼中的模樣是與眾不同的。

「你跟她哪來的交集啊？」

「洋甘菊剛開的那陣子，我偶然見到她。」

簡直像戀愛小說的開場白。

我一個不經意的問號，讓他像滴滴答答落下後，被困在水槽的雨水一樣，忽然找到了出口，便迫不及待地將感情傾洩而出。

「那是個突然下起午後雷陣雨的星期三。」

「你可以不要用這種讓人毛骨悚然的文體嗎？」

他根本不理我。

自顧自地講他的戀愛故事。

總之，故事大意就是，那天忽然下起午後雷陣雨，某個路人甲少女反應不及，不到一分鐘就全身濕透，雖然我有點在意白襯衫沾滿雨水的害羞畫面，但顯然青春期少年不太正常，他注意到的是踏著雨前來的吳欣蓓。

這一定有哪裡出了問題。

不管，在這種簡直像是替故事創造的開場，穿著制服裙的校花，撐著透明雨傘將路人甲少女從雨幕中解救出來；葉承佑注意到吳欣蓓默默將傘的大半都給了女孩，白色的襯衫逐漸變得透明，但屬於她的顏色卻猛然鮮活了起來。

不知為何，他一直忘不掉那一幕。

「白色襯衫變得透明之後，記得最清楚的應該是內衣顏色吧。」

「王慕寧妳閉嘴。」

葉承佑最強大的就是毅力，他調整情緒再度進入中二狀態，闡述他的戀愛萌芽史。

隔天他又恰巧碰上女孩向吳欣蓓道謝，又抱歉她連累吳欣蓓跟著全身淋濕，他看見吳欣蓓抿起非常乾淨的微笑。

——我一直想像電影畫面一樣淋雨，我很開心呢。

我很開心呢。

吳欣蓓柔軟的嗓音輕輕滑過他的臉頰。

從那之後，他經過吳欣蓓的教室時，總會將腳步放得特別緩慢，即便只能擁有一秒鐘的畫面，她的各種表情仍舊深深烙進他的心底。

他知道，這種在意被稱作喜歡。

「這種台詞她也說得出口，你確定她不是那種有公主病的妄想少女嗎？嗯，確實有必要好好觀察分析。」

「妳不要再詆毀她，我多幫妳吃一個月的奇異果。」

「看來確實是真愛呢。」

葉承佑墜入戀愛漩渦的過程，出乎我的意料，卻又相當自然，畢竟他比我更熱衷言情小說跟女性向動漫，大概，吳欣蓓那把傘不是給他的，這才是戀愛萌芽的重點，愛情就是如此不可理喻。

假如接過傘的是葉承佑，他對她除了感謝之外可能也不會再有其他延伸。

我不禁想起遞給我藍色緞帶的那個少年。

連感謝我都不知道該往哪個方向送去。

算了，人生總會碰上幾個自帶刪節號的人，反正就像一些作者挖了坑遲遲不填，久了就看開了。

「欸，校花的視線一直往外飄，按照青春校園劇的套路，八成是在等某個人經過，你確定還要繼續觀察嗎？」

看在一年又七個月份的奇異果份上，我也不希望他的戀愛三秒就破滅。

「我——」

然而，吳欣蓓並沒有留給他撤退的餘地。

她的雙眼閃現絢麗的光彩，和身旁的朋友說了些什麼之後，便以一種故作自然的模樣離開教室，保持幾步距離，跟在某個少年的身後。

秘密戀情。

葉承佑扯著我的手跟上的過程中，這四個字不斷在我腦袋裡盤旋。

這座學校的情感糾葛比我想像的還要精采。

「等等，狀況有點奇怪吧。」

吳欣蓓和少年、我們和吳欣蓓，一路維持著微妙的姿態往前移動，直到對方停下腳步，她慌亂藏在樹後，而葉承佑俐落地拉著我躲進角落，我才恍然大悟——

她、也在跟蹤少年。

真是出乎意料的反轉。

「難道觀察鍬形蟲是最近的戀愛潮流嗎？」

但明亮耀眼的校花一點也不擅長藏匿，少年猛然一轉身就逮住她了，那雙清亮的眼讓吳欣蓓僵直地定在原地。

像是經過精準地計算，絲毫沒有預留讓她迴旋或別開視線的餘地。

我愣了一下。

葉承佑的反應快了我一步。

「他、不是那天撿到妳緞帶的人嗎？」

找到了。

債主。

緞帶少年沉靜地站在原地，既沒有訝異也沒有一絲咄咄逼人的壓迫感，彷彿只是想釐清身後的女孩子為什麼悄悄跟著他。

但看來，青春校園愛情劇女主角的標配就是羞赧跟不知所措。

吳欣蓓抿著唇，雙手不自在地扯著衣襬，為了不讓劇情冷場，這時候的少年應該主動打破沉默，或是由第三方、現在看來就是躲在牆邊的葉承佑和我，來改變節奏。

然而沒人動作才是現實。

誰都不知道先移動的人必須付出什麼代價，何況這場戀愛漩渦本來就跟我沒有關係。

不要多管閒事是愉快校園生活的第一準則。

上課鈴響了。

「你這時候衝出去拉住她的手，隨便跑向哪個地方，絕對能創造永生難忘的起點。」

「這樣只是為了我的自私，任性破壞她的選擇，我多少還是看得出來，她正努力把想說的話從體內擠出來。」

「表哥說，愛情裡沒有一件事是不自私的。」

但他沒有接話。

喜歡這種事似乎比我的理解更加複雜，表哥說的，隨心所欲就好，無論是自私、任性或者迂迴、退讓，在感情裡有種種的考量，就算再過一千年也沒辦法找出最好的判斷量表，既然如此乾脆想怎麼做就怎麼做。

只是，「想怎麼做就怎麼做」這八個字似乎沒有字面上這麼簡單。

少年和校花仍舊處於對峙的僵局之中，鈴聲持續砸下，但終究到了結束。

「我不想被記遲到。」

「妳能不能多一點感情啊？」

「不要，這塊空間裡的感情分量已經多到快像異世界了。」

「反正妳走不了。」

葉承佑緊扣住我的肩膀不讓我逃脫，但前方的少年卻踩在離去的邊緣，大概是這點刺激了吳欣蓓，給了她一個非往前不可的破口。

她從口袋拿出一個小巧精緻的禮物袋，用有些顫抖的手遞向少年。

「今天是你的生日……」

「謝謝妳。」

少年的語氣誠懇中透著冷淡，一點也沒有要收下禮物的樣子。

尷尬得讓人想死。

他跟那天爽朗笑著說「妳的緞帶掉了」的少年該不會是個性迥異的雙胞胎吧？

假如角色互換，我說不定會秉行表哥說的隨心所欲，直接把禮物往對方的臉上砸去，好心送他連假裝收一下都不肯。

但溫婉的吳欣蓓只是難堪地收回手，用強大意志力揚起勉強到讓人不忍直視的微笑，眼眶染上淡淡的淺紅。

「我先回去上課了。」

葉承佑箝制住我的手有些過度用力，我默默嘆氣，決定多忍一分鐘。

校花倉皇地跑離現場，急促腳步聲的尾音是一道細微的、禮物掉落的聲響。

嗯、我耳朵不好什麼都沒聽見。

「葉承佑，聽說趁虛而入是通往愛情的捷徑。」

「小寧。」他輕輕地說，「我對她的喜歡，目的不是能在一起，妳能明白嗎？」

不能。

我完全聽不懂。

葉承佑也沒打算延續這個話題。

「走吧。」

「我要去洗手間。」

「呃、好吧。」葉承佑尷尬地笑了下，似乎想起來他是在我要去洗手間的路上強行擄走我。「放學我在校門等妳。」

「嗯。」

葉承佑邁著極大的步伐走回教室，儘管只是背影，但畢竟我們從小一起長大，我依然能感受到他內心強大的震盪。

我的胸口悶悶的。

長長地吁了口氣，我扭身朝洗手間的方向移動，出乎意料地，少年擋在我的面前。

沒有客套，沒有委婉的開場白。

透露一種強勢的氣息。

「作為偷看的交換，幫我把禮物還給她吧。」

他伸出手，上頭擺著一份精緻的小紙盒，沒想到沒被收下的禮物以另一種方式盛放在他的掌心。

但我真的很想去洗手間。

更重要的是，我一點也不想攪和進這場愛情的漩渦，很多時候，真正被困住的人都不是掀起浪的人。

「我只是路過，基於禮貌不好意思打斷你們。」

少年笑了。

像春日四月揚起的微風，沁涼卻又溫暖。

「緞帶很適合妳。」

「威脅嗎？還是要我還債的意思？」

「沒有，單純覺得好看。」

「你剛剛應該用這種態度對待校花。」

「那個對妳告白的人，妳對他的態度也沒多好，至少我沒打算拿購物袋攻擊對方。」

我竟無言以對。

對自己懷抱好感的人，任何一點的溫柔或不經意釋放的好意都可能被放大或者過度解讀。

他說。

「就算對方想當飛蛾，我也沒打算成為火。」他把禮物袋遞給我，「但如果飛蛾的翅膀不小心折斷了，也不應該被不知情的人踩過。」

大概，這是一份屬於少年的溫柔。

我無奈地嘆了口氣，觀察鍬形蟲的潛藏風險超乎我的預想。

「退一萬步說吧，就算我願意幫你把禮物還給她，但這等於對她說『嘿、我剛剛目擊了妳翅膀斷掉的瞬間，所以幫妳撿起來了』，她說不定會把我列入滅口的名單裡。」

「就說是我託妳給的。」

「我跟你又不熟。」

「她又不知道。」少年的笑明亮又耀眼，說出口的話卻有點壞心。「妳的臉適合裝無辜。」

「娃娃臉也有人權的。」

偷襲一般他將禮物擺進我的掌心，我還來不及反應，已經邁開步伐的他又再度回頭。「下次送妳其他顏色的緞帶。」

「不需要，就當我還債吧。」

「粉紅色跟紫金色妳喜歡哪個？」

「綠色。」

「我記住了。」

真糟糕。

少年簡直是天生掌握節奏的人，不小心就被帶偏了。

我低頭望向手裡的禮物袋，沒什麼重量感，但異常沉甸甸的。

分明是跟我無關的戀愛漩渦，我卻卡在正中央轉啊轉的，但轉到一半我突然扭頭喊住他，想起那天他畢竟救了我。

「欸，生日快樂。」

他抬起手，神態散發著一種專屬於少年的張揚。「我收下了。」

生活真是艱難。

抽屜裡正躺著一份與我無關卻又離我太近的喜歡，綁著少年，綁著女孩，更綁著葉承佑，三個人像被甩著圈的掛件，擾亂了氣流，而我只是不小心抬頭看了一眼，就暈頭轉向。

內心的小惡魔甚至鼓吹我扔了禮物。

好吧，我承認午休時自己站在垃圾桶前掙扎了很長一段時間，腦中盤旋著「輕輕拋出去煩惱就消失了喔」的蠱惑，我也做好了拋擲的預備動作，但最後一瞬，是葉承佑的臉。

人總是有軟肋。

「真應該追加到兩年份奇異果的。」

既然沒有選擇，就越快把燙手的禮物扔出去越好。

但問題是，我跟校花除了念同一所學校、同一個年級，喔、還有同一個性別之外，基本上就是兩條平行線，無論用哪種辦法攔住她，八成都會引來不必要的關注。

畢竟，我跟葉承佑這對「組合」某種程度上也挺有名的。

儘管我不怎麼願意承認，但葉承佑確實長得非常好看，成績也總是保持在前段，身材修長又是排球隊主力，更別說他性格陽光對誰都具有高度親和力，卻從來不跟任何女孩搞曖昧，在戀愛市場的搶手度始終居高不下。

至於我，在外人眼中就是他身旁的可愛吉祥物配件。

以最直觀的點到點連線，我、攔住校花，幾乎第一時間就會被聯想到是不是替葉承佑牽線。

儘管直覺反應往往是對的。

「戀愛什麼的，果然是這世界上最麻煩的事。」

「妳終於也領悟了。」桑桑欣慰地拍拍我的肩膀，「這就是成長的苦澀。」

不到一秒鐘，桑桑旋即切換成好奇的逼供模式，用黑亮的眼眸認真審視著我。

「說，對象是誰？」

「不是我，我只是在思考哲學問題。」

「妳說謊至少也有誠意一點好嗎？」

「實話永遠都特別無聊。」

「好吧。」

桑桑瞇著懷疑的小眼神暫且放過話題，她不是會拚命追問的類型，並非尊重我不願意說的意志，單純是她奉行「突襲才是最有效挖出秘密的準則」。

「葉承佑生日禮物妳打算哪天去挑？」

「不送了。」

「他又哪裡得罪妳了？」

因為我們做了交易。

用生日禮物跟一年半的奇異果自由日。

我敷衍地笑了下，無力地癱趴在課桌上，我怎麼忘了，這裡還有一個渾身清楚寫著「我喜歡葉承佑」的傢伙。

很好，這下我手邊與我無關的喜歡多到可以開店大拍賣了。

但桑桑的喜歡一直是非常玄妙的存在，她能因為一個極其微小的瞬間萌發了喜歡，也會因為某個外人難以理解的點而用力將喜歡掐滅。

她喜歡上葉承佑的原因不是因為他的帥氣，也不是因為他的貼心，而是某次他咬牙替我吃掉了奇異果。

果然喜歡不是我能夠理解的存在。

「反正妳老是口是心非，對葉承佑妳哪次認真生氣過，星期六一起去逛街吧，我也順便買個禮物，謝謝他上次幫我修腳踏車。」

「我推薦送他一箱奇異果，要綠色的那種。」

桑桑莫名其妙地笑得非常開心。

「好啊，我考慮一下，如果能變成他印象最深刻的禮物也不錯。」

她非常熱衷於生日禮物這個話題，我有一搭沒一搭地回話，不是特別糾結於她對葉承佑的喜歡，反正她手中的感情從來沒有持續超過一個季節。

右手托著下巴，我視線不禁飄向窗外，默默詛咒著把我推入漩渦的某人，但下一瞬間我忽然坐直身體。

目標出現了。

吳欣蓓就站在走廊上，笑著跟某個女孩說話。

桑桑順著我的視線往外看，聲音裡透著一種興奮的八卦。

「聽說早上又有學弟跟校花告白了耶，真好，像她那樣的女生，不管喜歡上誰都能順利地在一起吧。」

不是喔。

一個小時之前那傢伙才被拒絕，證物還在我手裡呢。

「照妳這麼說，陳雯不就想要跟誰交往就能跟誰交往？」我皺了皺鼻子，「她還不是被一個……難以言喻的傢伙拒絕。」

桑桑故作高深地晃了晃手指。

「不、妳真的不懂，陳雯是雲端上的人，但是大多數的男人都沒辦法離開地面啊，吳欣蓓就不一樣了，她笑起來的樣子，就像一伸手就能擁有一樣。」

「那妳也學著笑一下？」

「前提是我要先長得夠好看，別人才會想擁有啊！」桑桑輕輕嘖了一聲，「不過我天生接受不了像她那樣輕輕一碰就會受傷一樣的女生，太麻煩了。」

桑桑特別討厭拐彎抹角的類型，聽說是小時候吃過嬌滴滴女同學的虧，對方擠了幾滴眼淚，就讓她成了迫害悲情女主角的大反派。

起因是桑桑拒絕跟對方勾手去洗手間。

真是戲劇化又寫實。

「我表哥說，每個人都有自己的生活方式，不喜歡就繞開，假如不得不受對方影響，就讓自己更強悍地主導事情發展的節奏。」

「妳表哥的世界觀很有道理。」

只是，如此告誡我們的表哥，卻以他堅定而強悍的意志讓我們成為他宇宙裡的居民，更準確來說，但凡是表哥身旁的人們，都毫無例外地遵循著他的宇宙規則。

「這表示你特別強悍嗎？」

我這樣問過表哥，那時他正在替草莓蛋糕製作擠花，動作連細微的凝滯都沒有，待在他身邊總讓人特別安心，彷彿無論是什麼都動搖不了他的意志。

「有些人會這樣解讀，但我認為不是。」淺粉紅的花朵漂亮地排列在蛋糕的邊緣，「所有存在的強弱優劣都是比較級，跟莫氏硬度沒什麼兩樣，一切都只取決於在碰撞的時候誰的身上會留下比較深的刻痕而已。」

「小寧，妳跟承佑都很強悍，那並不是由於我的影響，而是存在於你們體內的本質，你們只是還沒學會完全地相信自己。」表哥說，「所有的選擇都有相應的後果，誰也沒辦法百分之百預料，妳唯一能肯定的，就只有確認那份選擇是出自妳的意願。」

我又看了吳欣蓓一眼。

她的笑容維持在一個恰到好處的角度，卻彷彿覆蓋著一層模糊不清的薄膜。

——又沒關係，反正那麼多人喜歡妳。

——可是那些人都不是他。

煩躁地耙了耙頭髮，我不應該陪葉承佑熬夜看小說的。

我甩頭設法揮去腦中混亂的思緒與躁動，看了一眼抽屜裡的禮物袋，終於下定了決心。

這世界上最困難的，就是開場白。

我有氣無力地拖著腳步，隔著一段距離跟著吳欣蓓走進離學校有點遠的便利商店，我沒想到一天內我會尾隨她兩次，再這樣下去，我很快就會成為跟蹤狂了。

吳欣蓓站在麵包貨架前，心不在焉地盯著藍莓夾心麵包發呆。

「那個的藍莓果醬吃起來有點假。」

「嗯？」

她詫異地望向我，我聳了聳肩，既然開場白像熬夜練習也依然解不出來的三角函數，乾脆隨心所欲地在空格填上某個順眼的數字就好。

「我比較推薦花生口味，雖然代價是熱量比較高。」她臉上開始浮現名為尷尬的紋路了，這很好，先鋪墊我的闖入本身就是不尋常的，接續我要拋出任何非日常的話題都顯得容易被承接了。「喔，對了，有人託我轉交東西給妳。」

「我——」

「便利商店不是合適的地點。」我停頓了幾秒鐘，「妳不願意收下也沒有關係，反正我該做的已經做到了。」

她美好乾淨的雙眼安靜地盯著我，微妙的沉默盤旋在麵包架周圍，我漫不經心地想著，她大概正在醞釀溫柔的拒絕。

於是我耐心地等著她的聲音，一旦她將句點遞給我，這樣一來被迫塞進我背包裡的那份喜歡就與我無關了。

「附近有個河堤，去那裡可以嗎？」

什麼？

妳這傢伙的溫柔沒有上限的嗎？

雖然我長得可愛善良但說不定是個壞人啊！

我僵硬地扯了扯嘴角，看著她拿起了我推薦的花生麵包結了帳，忍不住瞄了她一眼。

壓下突然湧上的情緒，不要多想，這不關我的事。

「不會很遠。」她臉上揚起淺淺的微笑，「走五分鐘就能到了。」

果然。

落後她一步的距離，我和她移動到了附近的河堤。

踩著被夕陽拖曳得長長的影子，我體內的無奈濃密到幾乎要凝結成實體，該怎麼說呢，總感覺這一刻的我跟炸彈客沒兩樣，我拚命糾結著到底要不要按下引爆鈕，目標物卻笑咪咪地等著我動作。

基於我良好的性格與體貼，我決定再給她一次反悔的機會。

「妳沒有必要勉強自己收下陌生人的東西。」

她輕輕搖頭，姣好的臉龐掛上幾乎稱得上訓練有素的淺笑。「既然是要給我的，我都應該好好收下來。」

這是妳自己選的，等等就不要怪我。

然而為了自保，我不著痕跡地拉開兩個人的距離，用著媲美樹懶的速度，極為緩慢地拉開背包，認命地拿出緞帶少年逼我退還的禮物。

果然，她一看見禮物袋，表情簡直像猛然被搧了一巴掌，雖然不太可能，但我擔心她直覺抬起手也給我一巴掌，於是我又往後退了一小步，順便在心裡把我會的罵人辭彙輪番扔在緞帶少年的頭上。

我盡可能快速地把禮物塞進她白嫩的掌心裡。

「就這樣。」

「妳——」

「我什麼都不知道。」我的語氣似乎堅定到有點可疑，乾咳了聲，欲蓋彌彰地追加說明。「總之，妳應該知道對方是誰，要回覆或者要報復都直接去找他，我就只是個中間人，完全不知情的中間人。」

糟糕。

越描越黑了。

我忍不住想，此刻幾乎要被吳欣蓓揑皺的禮物袋根本是告白遭拒的殘酷物證，無論是遺失，或者被消滅，多少都讓人鬆一口氣，然而正當她提著的心稍微落地的瞬間，突然有個人，嗯、現在看起來是我，出乎預期地又把物證塞回給她，她下一步會將我滅口都不讓人意外。

想想就讓人發寒。

「謝謝。」

她居然還能堅持著微笑跟我道謝？

這種自制力通常都有成長為變態殺人魔的潛力。

好可怕，我好想回家。

「那、我先走了。」

我毅然地轉身準備奔跑逃離現場，沒想到，我才邁開右腳，手腕就被拉住。

又是、同一個位置。

我纖細脆弱的右手腕，究竟能承載幾份跟我一點關係也沒有的喜歡？

「還有什麼事嗎？」

僵硬地回頭，沒花太大的力氣就搶救回我的手，我趁隙找尋最佳的逃生路徑，我實在不擅長處理這類的感情問題，更別說她還是葉承佑喜歡的人，只要她發現我們的關係，百分之一千會把葉承佑列為拒絕往來戶吧。

葉承佑的初戀幼苗被我不小心踩死了，光想就讓人頭皮發麻。

「他說了什麼嗎？」

「沒有。」我放緩呼吸，盡可能讓自己顯得平靜可信。「我的角色就是個快遞，或者郵差，反正就是毫無關係的第三人，把東西交到妳手上之後，這一切，無論是什麼，就都跟我沒有關係了。」

沒錯，我甚至連緞帶少年的名字都不知道。

「既然妳能當陳榆宣的快遞，是不是只要付出報酬，妳就能幫我一個忙？」

喔、好吧，不到三秒鐘，緞帶少年的名字就被扔到我面前了。

陷入戀愛的人都這麼難纏嗎？

「不是件很難的事。」她非常堅定地看著我，「妳可以提出報酬，我會想辦法。」

「妳先說說看要做什麼。」

「可以，請妳，幫我丟掉它嗎？」

什麼？

差一點我就要抱頭尖叫了，早知道會繞一圈還是回到垃圾桶，我今天下午就該毅然決然地處決掉這份該死又燙手的禮物！

人生沒有重來一次的選項。

故事的發展終究偏離了軌道。

我粗魯地撕開精美的禮物包裝，裡頭裝的是烤得非常漂亮的巧克力餅乾，但我連一眼都沒多看，洩憤般地狠狠咬下一大口，三兩下就消滅一大半。

嗯、餅乾的去處不是垃圾桶而是我的胃袋。

但我不是很願意去思考這兩者的等號或者關聯性。

「要喝飲料嗎？我去買。」

「不要跟我說話。」

我側過身，極其刻意地背對正溫柔關切我的吳欣蓓，把肢體語言的張力發揮到最大限度，傳遞「我不想理妳」的訊息。

但吳欣蓓依然殷勤地把水壺遞到我的面前。

「妳看見了嗎？我把禮物送人的事。」

我沒被乾巴巴的餅乾噎到，卻被她出其不意的提問嗆到，我連忙接過她手上的水，狠狠地灌了一大口。

「這一整個星期我都在練習烤餅乾，好不容易做出滿意的成品，它又在我的書包裡放了兩天……」

「暫停！」我抬起手制止她，終於順利將嘴裡的餅乾嚥下去。「妳要我扔掉餅乾我照做了，妳突然回頭攔住我又拜託我吃掉餅乾我也勉強答應了，這些，物理性的，可以用報酬來算清楚，但是感情問題請妳去找別人，不管是朋友還是張老師都好，甚至跑到那傢伙面前說也可以，總之我不打算接這方面的業務。」

我果斷地站起身。

把最後一塊餅乾塞進嘴裡。

「餅乾我吃完了，我要回家了。」

吳欣蓓抿著唇，捏著裙襬的手有些發白，她安靜地注視我很長一段時間，最後費力地揚起微笑。

「那妳路上小心，今天謝謝妳。」

我垂下眼，沒有給她回應，徑直轉身離開。

05

今天的夕陽比我記憶中的更加灼燙。

嘴巴裡殘留的巧克力餘味讓人喉嚨格外乾渴，我一口氣喝完水瓶裡的水，忍不住回頭望向影子的尾巴。

依稀能看見吳欣蓓環抱著雙膝，整個人縮成一小點的畫面。

「……真煩。」

「這些高中生整天喜歡來喜歡去的，就不能好好念書嗎？」

我把水瓶扔進垃圾桶裡，邁開大步朝吳欣蓓走去，一步兩步三步，回程的路途似乎比離開的路更短。

她察覺我的動靜，下意識抬起頭，臉上除了佈滿詫異之外，還有在餘暉映照之下閃爍的淚水。

簡直像電影特寫鏡頭一樣。

「我只能再待十分鐘。」我假裝沒看見她的淚水，也無視她拚命擦拭的動作，瞄了一眼正瘋狂震動的手機。「我得回家吃晚餐。」

吳欣蓓又扯了一個微笑。

似乎比之前的任何一個笑都更真了一點。

「我也不知道自己想說什麼，只是覺得身體裡面有好多東西快要壓抑不住，連平常一樣的笑都好難……」她低頭，話語顯得有些破碎。「今天是他的生日，我猶豫好長一段時間，不想讓他困擾，我知道跟我扯上關係一定會很麻煩的，但是我，我真的好想跟他說一聲生日快樂……」

我有一搭沒一搭地扯著書包，本來想將沉默進行到底的我，還是忍不住說話了。

「妳也只是喜歡一個人，這本來就是很正常的事。」

她輕輕搖頭。

「我啊、不應該喜歡任何人的……一旦我說出了喜歡，不管是被接受還是被拒絕，其他人就會像找到空隙一樣逼近，我也以為只要拒絕就好，但那些人卻沒有打算聽我說話……所以我學到了，只能從一開始就劃清界線，我這裡，沒有喜歡……

「上高中之前我就做好決定了，比起喜不喜歡這種事，我更希望好好度過高中生活，本來我是這樣決定的……」

我認同地點頭。

「有這種覺悟很好，戀愛這種事聽起來就麻煩得要命。」

吳欣蓓愣了一下，忽然笑了出來。

她蘊含水光的黑眸直直地望著我，很快地又斂下眼。

「今天啊，我發現東西掉了的時候，其實我想那樣也好，誰也不知道我的喜歡掉到哪裡去了，但是妳把它送回來給我了……他一直都是個很好很好的人，就算他不要，也沒有讓我的喜歡被隨便扔在地上……」

夕陽又沉了一點。

手機來回震動了好幾次，放學後我很少在外面遊蕩又不接電話，葉承佑八成已經呈現暴走的狀態，但我實在無法在這種狀況下拿起手機回覆。

吳欣蓓主動站了起來，她故作輕快地拍了拍裙襬上的草屑。

「抱歉，超過十分鐘了吧。」

果然是非常擅長讀空氣的人呢。

但確實，嚴格說起來我跟她不過是第一次見面的陌生人，再往前踏一步就有些尷尬了。

「那我——」

忽然，一道刺耳的剎車聲劃破黃昏的沉靜。

「王慕寧我找了妳整整一個小時！妳——」

葉承佑的聲音在發現我身旁站著的女孩後猛然凍結，他不可置信地瞪視著我，我忍不住望了一眼蒼天。

為什麼，總是不能讓我乾乾淨淨地轉身？

「……我、我來接妳回家。」

葉承佑的表情變得有些靦腆，側過頭卻拚命朝我使眼色，偷偷用嘴型說出「奇異果」三個字。

我頭好痛，尷尬得要命，左邊是捧著喜歡的懷春少年，右邊是決心不觸碰喜歡的失戀少女，處在中間的我簡直像被冰與火同時折磨。

當機一分鐘之後，我心中的天秤終究還是倒向了葉承佑。

「太陽下山了，妳一個人回家很危險吧。」我揚起不是很熟練的假笑，「我跟我表弟先送妳回去吧。」

「我明明沒有水逆……」

「眼前這個喝著洋甘菊花茶的少女為何如此耀眼奪目呢？」

「我等一下就把你那些言情小說跟少女漫畫都撕了！」

葉承佑把珍藏的巧克力餅乾推到我面前，臉上直白寫著「討好」兩個字，我冷哼了一聲，我現在看到巧克力餅乾就胃痛。

「才半天妳就跟她發展成能一起回家的關係。」他激動地握住我的手，「小寧，我本來對這份戀情沒有多少期待，但是妳，替我劈開了一條能夠通往她的路！」

不是，替你劈開路的恰巧是拒絕她的那個緞帶少年。

我嫌棄地甩開葉承佑的手。

「上午讓你趁虛而入你不是說不要？還說什麼你的喜歡不是為了跟她在一起？」

「我的喜歡單純就只是喜歡，並不是為了跟她在一起才喜歡的，如果是違背她心意的靠近，我一步都不會跨出去，但是，如果有一條正當的路能通往她，我就會毫不猶豫地往前走。」他認真地看著我，「小寧，妳懂嗎？」

就說了不懂。

一份喜歡比哲學議題更難理解。

「不管怎麼樣，妳現在就是我的希望。」

「表哥說過，不要把希望寄託在別人的身上。」

「當然。」

「所以——」

「所以妳替我製造機會，我會想盡辦法讓她看見我的優點。」

「我說過一百次了，今天遇到吳欣蓓是巧合，一次就已經夠多了，人生沒有那麼多符合你期待的偶然或巧合。」

「所有的偶然都是一種必然。」

表哥說過，無論是偶然或者蓄意，都不過是通往結果的踏板，儘管路途上的風景非常重要，然而最終人所追求的，仍舊是那個結果。

只要一個人夠渴望獲得某個結果，就越不需要在意你是繞路或者直行。

我是敵不過葉承佑的。

儘管我們從小就相互折磨，卻也是彼此最堅強的堡壘，他無論如何都想要的東西，終究我還是會設法幫他的。

如同他在國二那一年，不僅砸了他存了一整年的撲滿，還賣掉書架上他蒐集很多年的書和手辦，就為了替我買一張去巴黎的機票。

雖然最後巴黎沒去成，但他還是帶我去遊樂園坐了一整天的雲霄飛車。

「所以你想怎麼樣？」

葉承佑揚起燦爛到刺眼的笑容。

「下星期有球賽，妳想辦法帶她來看比賽。」

我能有什麼辦法？

難道要扯住吳欣蓓威脅她：「欸，妳不去看比賽我就把那天的事說出去」？或是來個情緒勒索，告訴她「我好歹替妳吃掉了餅乾，又給了妳十分鐘，換妳陪我看場球賽不過分吧」？

光想就覺得自己很過分。

把她失戀當成籌碼本身就是犯規。

「好煩啊啊啊——」

表哥輕輕揉了我的頭，端了一杯洋甘菊花茶給我，熱燙的花茶蒸騰著香甜的氣味，似乎稍微安撫了我煩亂的思緒。

前院的花圃種滿了各種季節的花，洋甘菊是當中最不起眼，卻是表哥最喜歡的花，從表哥搬回來之後，每年總是有一段時期，他帶著我和葉承佑仔細地曝曬盛開過後的洋甘菊。

乾燥，沖泡，然後成為我們的一部分。

每個人都有自己記憶花季的方式，表哥教給我們的是，沒必要緬懷逝去的燦爛，去尋找不同的方式延續花季。

至少，在我們家洋甘菊是一年四季都不會缺席的存在。

「需要聽妳說話嗎？」

我點了點頭，旋即又搖頭。

「我想說，但那不是能隨意說出來的事情。」

畢竟是一份真摯的感情，嗯、嚴格來說我揣著的喜歡有點多份，但都不屬於我，我並沒有說出口的權利。

也許有很多人抱持的想法跟我不一樣，例如桑桑，她總是認為我們是最好的朋友，因此能夠分享所有的秘密，無論是誰的秘密；但這跟我跟他關係如何緊密無關，也牽扯不到信任問題，單純只是我堅信每一個秘密都有歸屬權，即使被強行塞進我的掌心，也不意味我能隨意交給別人。

桑桑不能理解，於是她漸漸地就察覺不到我藏匿的秘密。

「多數的事情都是這樣的。」表哥淡淡地笑了，「能被隨意對待的事物就不足以煩惱了，今天天氣很好，妳去外面散散步吧。」

僵持在原地任何的什麼都不會改變，有了第一步動作，才能觸碰到新的可能。

「好吧。」

喝完馬克杯裡的花茶，我跳下椅子，隨便套上外套抓了錢包就往外走去。

沒有方向，大概等於每一條路都能成為我的方向吧。

於是我挑了一條平常不走的路，緩慢地踏著步伐，一邊踩著影子，一邊想著葉承佑的喜歡和吳欣蓓的喜歡，為什麼落空之後得到的答案不是放棄而是更加奮力地往前呢？

我不明白。

不知道晃了多久，周旁的景色和住家都是透著陌生感，眼前一間風格強烈，簡直像會在宮崎駿動畫中出現的小店映入眼簾，飄送著淡淡的花香，像鑲嵌在現實與現實之間的非日常。

「……花店？」

沒有招牌。

我想大概是花店。

門口擺了幾排高低相間的鮮花，我忍不住走得更近一點，彎下身一一辨識各色的鮮花。

我伸手拿了幾朵洋桔梗。

「既然都碰上花店了，就去掃墓吧。」

更何況推理小說說得很對，唯一能完美保守秘密的，只有死者。

既然不能跟活人說，跟毛帽阿姨說最安全。

「歡迎光臨。」

「不用包裝了，請幫我簡單用緞帶束起來就好。」

「好的。」

一抬頭，穿著無印風黑色工作圍裙的店員站在我半步之外，流暢地接過我手中的洋桔梗。

他揚起淺淺的微笑，纖長而漂亮的手非常溫柔地整理著洋桔梗，我的視線不禁落在他塞在圍裙口袋的緞帶上，一時間不知道該怎麼反應。

——下次送妳其他顏色的緞帶。

我突然想起前幾天他說的話。

「粉色緞帶可以嗎？」

「嗯。」

漂亮的蝴蝶結沒幾秒鐘就成形，他的微笑彷彿暈染著日光的溫度，朝我遞來的雙手，幾乎讓人錯以為這束花是他要送給我的禮物。

「總共一百五十元。」

我拿出兩張百元鈔，不自覺地抿起唇，從他手中接下花束。

很好，看來他似乎想把之前的種種乾脆地翻篇，把我當作一個普通而陌生的客人對待……不對，對他來說，本來我就是一個普通而陌生的客人。

只是下一秒鐘他就擊潰了我的天真。

「以前沒在這一帶看過妳。」

「碰巧經過。」

「這樣啊，碰巧往往就是最好的理由。」他揚起燦爛的笑容，走到花桶旁抽起一朵藍色的花，遞到我面前。「送妳。」

「為什麼送我？」

「因為想把一切美好的事物都送給妳。」

他說什麼？

是我沒有從葉承佑的漫畫抽離還是他正陷入某種魔幻的狀態？

「呵呵。」我乾笑兩聲，「看來花店很競爭呢，有機會我會幫忙介紹客人的……」

花柄在我掌心強調著自身的存在感，讓人有非常不自在的感受，而他接續的話語，讓那一小點的不自在逐漸蕩漾開來。

「這種花的名字是矢車菊。」他清亮的雙眼筆直地注視著我，「妳知道藍色矢車菊的花語嗎？」

我沒接話。

但他毫不在意。

「它的花語是『遇見』，我覺得特別適合妳。」

適合什麼？

我稍稍往後退了一步，不想照著少年揚起的風向走。

「我該走了。」

「下次妳來，妳再告訴我妳的名字吧。」

抱著花我一個回應也沒給，快步離開花店。

我才不會再來！

名字什麼的一輩子都不會告訴你！

我無語地瞪著手裡的矢車菊，總感覺花柄正隱隱發燙，我甩了甩頭，誰會知道外表看似正直清爽的少年，內在居然是張口就是一串撩妹金句的高手。

「果然人不可貌相。」

「清純無知的校花也沒逃過愛情的騙局……」

但是，我的心跳，卻不由自主地加速。

我嘆了一口氣。

「表哥說得沒錯，人一旦見識太少，就容易因為一點小浪就搖晃不安。」

我決定了，回家之後我要把葉承佑的收藏全部看過一遍！

06

洋桔梗成為餐桌上的裝飾。

我終究沒有掃成墓，但被緞帶少年一攪和，積聚在我胸口的那股煩躁倒是散去了大半，在我把那朵矢車菊送給葉承佑之後，微妙的惡趣味讓我徹底找回了平靜。

沒想到，我的平靜只維持了十七個小時。

「吶、我說過要送妳另一條緞帶。」

「我不記得。」

「但我記得。」

他半倚在走廊的圍欄，掌心上攤放著一條淺紫色又帶著白色圓點的緞帶。

緞帶少年的唇角掛著淺淺的笑，有些戲謔又有些玩世不恭，和我第一眼見到他的溫文不同，和他拒絕吳欣蓓的冷淡不同，也和他昨日送我矢車菊的撩撥不同。

我只見過他四次面，卻看見四種不同的面貌。

哪一個才是他真正的樣子？

「我沒有收下禮物的理由。」我給他一個很假的笑容，「而且我不需要新的緞帶。」

「妳覺得我直接把緞帶纏上妳的馬尾，需要花多少時間？」威脅。

他用著和緩溫文的嗓音，彷彿正直少年的清爽神情，若無其事地拋出壓迫感十足的危險發言。

畢竟，青春期的少年少女對一切細微的異變都極其敏銳，對他而言只需要幾秒鐘就能完成的蝴蝶結，在毫無遮蔽的走廊上，百分之百會帶來具有隕石撞擊力道的毀滅。

面臨巨大危機的是我平靜舒適的校園生活。

現在是一言不合就暴衝的嗎？

「我哪裡得罪你了嗎？」

「沒有，我說過，我只是想把一切美好的事物都送給妳。」

但我不想要啊！

他伸長手，纖細而骨節分明的手上纏繞著柔軟可愛的緞帶，突兀卻又和諧的畫面衝擊著我的思緒，我望向他澄澈的眼眸，我非常困惑，讀不出他真正的心思。

「這個顏色是紫丁香色，我找了很久，知道花語是什麼嗎？」

不知道。

但我有不好的預感。

「其實我不是很想知道。」

「一件事需不需要讓妳知道，跟妳有沒有興趣其實沒有太大的關係。」

濃重的鬱悶堵在我的胸口。

少年唇畔的笑更深了一點，「紫丁香的花語是初戀。」

我的雙手不自覺地扯住裙襬。

「或是、愛情的萌芽。」他發出低緩的笑聲，像夏天的浪花。「妳覺得哪個好？」

「我要去上體育課了。」

「也好，反正我有一百種順路的方法。」

「你到底想做什麼？」

他朝我走近了一步，手裡還捏著緞帶，肢體語言彷彿醞釀著該用哪個角度將緞帶纏上我的頭髮，或者手腕，或者……

深吸一口氣，我盡可能忽視他視線掃過我身上時帶來的顫慄感。

「我還不知道妳的名字。」

我不該妥協的。

至少情感面叫囂著不能屈服。

但我和他在普通中透露著一絲不尋常的對峙已經引來某些目光，我告訴自己，學校就這麼小，隨便打聽就能知道我的名字，我講或不講其實沒太大差別。

「王慕寧。」

「陳榆宣，我的名字。」

「我不想知道。」

他卻笑了，空氣中飄浮著愉快的震動。

但我一點也不愉快，唯一的念頭只有趕快結束這場對話，不要和少年有更多的牽扯，他畢竟是某場愛情漩渦的中心點。

「我要去上體育課了。」

說完，我乾脆地轉身離開。

沒想到，才走了兩步，身後就傳來他爽颯輕快的聲音。

用著足夠讓周旁人清楚聽見的音量。

「同學，妳的緞帶掉了。」

那、根、本、不、是、我、的！

在諸多窺探的視線之下，我只能停下腳步，毫無抵抗能力地看著他將緞帶放進我的掌心。

並且用著不大不小的聲音說著。

「世界其實是很公平的，妳可以拉開距離，但只要我和妳的步幅存在著十公分、二十公分的差距，妳遲早會被追上的。」

他的笑聲輕輕震動著我周旁的空氣。

「很顯然，我的腿比妳長很多。」

「你到底想做什麼？」

「有很多想做的一時間說不清楚，但理由只有一個，」他的雙眼毫不遮掩地注視著我，「單純是喜歡妳而已。」

超出我理解範圍的答案砸往我的腦袋，我一時間無法反應，我愣愣地抬起頭，烙印進我雙眼的是他過於明媚的微笑與瀲灩的眼眸。

「一見鍾情的那種。」

下意識屏息，差一點我就要忘記呼吸，我分不清這瞬間的暈眩究竟是因為缺氧還是他突如其來的告白，然而，受到衝擊的卻不只我一個人。

某種金屬重重摔落地面的聲響打破我和他的停頓，我終於想起了呼吸，紊亂地，失去節奏地，我盡可能地攝取氧氣，忽然瞥見一個粉色的保溫瓶滾到我的腳邊。

我側過身，看見吳欣蓓一臉不敢置信地瞪大眼，她迎上少年的視線後又慌亂地逃離現場。

很好，她戲劇化的表現把狀況推往更尷尬的方向了。

我的呼吸好不容易歸於正常，吳欣蓓倉皇遠去的身影似乎讓一切有了合理的解釋。

「你在整我嗎？拿我當擋箭牌嗎？我跟她在這之前幾乎不會碰在一起，怎麼她就那麼湊巧聽見你說喜歡我？」

我有點生氣。

分不清是因為他利用我來拒絕別人，或者是隨意就把喜歡當作工具。

「我不會把一份感情當作武器。」

他說，從一開始就掛在臉上的微笑不知何時消失不見。

認真得讓我不由自主地感到心慌。

「王慕寧，不管妳怎麼想，又或者妳願不願意接受，我想要給妳的喜歡裡面，就只有妳。」

少年斂下眼，纖長的睫毛讓他明亮的雙眼蒙上一層陰影，他的作態，我分辨不出來是真是假，但他抽走我緊緊扯在手中的緞帶，如那天、初次見面的那一天一般，將緞帶綁在我的手腕上。

我忘了掙扎，居然任由他打了一個太過漂亮的蝴蝶結。

「我說過，就算對方想當飛蛾，我也沒打算成為火。」他輕輕地笑了，「因為我，早就成了另一隻飛蛾。」

07

——我想要給妳的喜歡裡面，就只有妳。

從那天起，我的抽屜總是被塞進不屬於我的東西。

例如粉色的保溫瓶。

又例如，在各種事物之間總能被一眼看見的緞帶。

——因為我，早就成了另一隻飛蛾。

什麼飛蛾又什麼鍬形蟲的，戀愛難道是某種新興的自然科學嗎？

「我念的是文組啊！」

「根本搞不懂你們這些自然組的腦袋到底裝了什麼東西！」

煩躁到極點的我差點就要掐滅內心的善良之火，讓葉承佑把保溫瓶還給吳欣蓓，後續會掀起什麼樣的風浪、吳欣蓓會承受哪些流言蜚語，都跟我沒有關係，畢竟起初我安安穩穩地站在岸上，卻被這些人一個兩個的強行扯進正瘋狂捲動的漩渦裡面。

「妳再扯頭髮就會變成禿頭少女了。」

「沒錯，要扯也是去扯別人的頭髮。」

例如一開始拉著我去觀察鍬形蟲的葉承佑。

我拒絕去思考我和陳榆宣的第一面其實是早於這一切的。

反正只要是找不到戰犯的事，永遠都是葉承佑的責任。

「妳去跟葉承佑告白吧！」

「什麼啦？」桑桑翻了一個超大的白眼，「你們又吵架了喔？再看看啦，等我喜歡他超過三個月再說。」

「妳有沒有想過，妳的喜歡持續不了三個月，說不定是因為妳單方面的柴火不夠，但只要對方提出一桶汽油，就能點燃熊熊大火。」

「王慕寧，一聽就知道妳沒有談過戀愛。」

「我的理論哪裡不對了？」

「沒有不對啦，但是感情不能只靠其中一個人維持啊，妳想想，就像坐翹翹板，對方的重量讓妳一直處在翹起來的那一邊，妳覺得風景很好，輕飄飄的感覺很棒，可是，只要對方站起來，不用做其他事喔，就只要站起來甚至不用離開那個位置，妳就會掉到地面。」

桑桑聳了聳肩。

「喜歡這種事已經夠不受自己控制了，要是連戀愛都沒辦法自己掌握，最後一定會出問題的。」

「我第一次發現妳這麼有內涵。」

桑桑作勢要打我，預判到她的動作，我先一步跳離座位，卻瞥到窗外葉承佑在對我招手。

我撇過頭當作沒看見。

沒想到，葉承佑大步闖進教室，猛然從背後架起我的雙手，不由分說地把我拖出教室。

在場的目擊者沒有一個人站出來見義勇為，桑桑甚至摀嘴偷笑。

「葉承佑你放開我！」

「誰叫妳不理我。」

「不理你就有不理你的理由。」他終於放開我，我旋即狠狠地踩了他一腳。

「幹麼啦？」

葉承佑突然握住我的雙手，一臉真摯地注視著我。

「……表姊。」

呵呵。

我短暫的十七年歲月裡，他喊我表姊的次數不超過五次，每一次都是在涉及他生存危機的時候。

「你又做了什麼事？」

「聽說她上午去了保健室，到現在都還沒回教室，妳要不要去看看她？」

她。我想了幾秒鐘才意識到他說的是吳欣蓓。

為了一個在遙遠彼端的人，為了對方去了保健室這種小事，就毫不猶豫地掀開懷裡的各種底牌，我神色複雜地看向葉承佑，他不是一個會濫用我的感情的人，但這些日子以來，他每一次的請託都是為了吳欣蓓。

「你就這麼喜歡她？」

「話不是這樣說，喜歡這件事本來就應該很認真的對待，我能做到多少就會去做，才不會到最後才後悔自己還有沒拿出來的東西。」他笑著說，「比賽不就是這樣嗎？一旦裁判吹哨宣布比賽結束，不管我還有多少厲害的招沒出，都沒用了。」

我嘆了一口氣，抽回被他握住的手。

殘留在我手背的溫度用力將我推向某隻老虎的背上，我看著自己短短的腿晃啊晃的，根本不知道用哪個角度才能跳下來。

我親愛的表弟啊，你知道我可是讓吳欣蓓躲進保健室療傷的共犯之一嗎？你現在要我去刺探她好不好，究竟是在為難我還是為難她呢？

「我肚子痛。」

葉承佑聞言一愣，下一秒伸手碰了碰我的額頭。「妳怎麼了？」

我不太知道肚子痛跟測額溫的因果關係，只是瞪了他一眼。

「我肚子痛。」忍不住又踹了他一腳，「去告訴桑桑我去保健室。」

我還沒走到保健室就迎面碰上吳欣蓓。

蔓延開來的尷尬幾乎要將四周的空氣擠壓殆盡。

嗯、看起來她身體健康沒有大礙，可以跟葉承佑交差了，反正他提出來的要求也只有確認對方好不好，想通了這點之後，我決定果斷轉身離開現場。

「妳喜歡他嗎？」

沒想到，先撕開覆蓋在眾人之間那層尚未戳破的薄膜的人是溫婉退讓的吳欣蓓。

或許，喜歡會讓每個人都成為另一個人。

「我和他根本連認識都稱不上。」

沉默像細密的雨落了下來，不輕不重，卻足以沾濕每一個部分，我抿著唇，晚了一步才想起來，無論我表露的是不是真心，但那份她想得到的喜歡卻被我覆蓋上煩厭的模樣，越是無心卻容易刺傷她吧。

我捏緊掌心，各種話語在我舌尖輾轉卻又被嚥下，我站立的位置決定了我所說的任何一個字對她而言都是不恰當的。

隱忍的淚水安靜地從她的眼角滑落，她卻用盡全身氣力給了我一個笑容。

「是妳的話，那就太好了，願意聽一個陌生人說話的人，一定是很善良的人……」

大概，吳欣蓓整個人的存在都處於我慣常理解的宇宙之外。

無奈地我嘆了一口氣，掏出口袋裡的面紙遞給她，不顧她的詫異有些蠻橫地塞進她柔軟的掌心。

「不想笑就不要逼自己笑，妳已經夠好看了，一臉面癱也還是一樣漂亮。」

她忍不住笑了出來。這次真心多了。

「她們都說我這樣很假……」

「是很假，但妳只是努力表現出想讓別人看到的樣子，每個人都一樣，不然就不會每天猶豫要穿什麼衣服，又或者換什麼髮型，認真說起來，就只是妳的演技還不夠好而已。」

「真好。」

我困惑地看著她，她的視線落在手中的面紙上，柔和感激的神情彷彿那包面紙不是十塊錢而是一百萬。

「他能喜歡上妳真的是太好了。」她拭去眼角殘留的淚珠，「不過我還是很難過。」

我無言以對。

望了一眼藍得不像樣的天空，說真的，按照我從葉承佑那堆收藏品得來的知識，這種性格通常是標準的女主角設定，聖母到讓人恨不得想砸書，我一直堅信我所處的日常之中不會有這樣的人，沒想到，實體本物就活生生地站在距離我一步開外。

表哥說過，平凡普通的生活造就各式各樣的一般人，那些被貼上特別標籤的人，他們的經歷不是特別幸福就是特別辛苦。

很顯然，吳欣蓓大概不是前者。

「我不介意妳討厭我，反正我們本來就沒什麼交集，妳只要不對我做出實質的威脅，怎麼厭惡我都沒關係；人的難過需要出口，妳不要為了一個只是陪了妳十分鐘的人強行消化痛苦。」

吳欣蓓搖了搖頭。

「他不喜歡我是因為不喜歡我，跟他喜歡誰沒有關係，我會羨慕妳，也會嫉妒妳，可是他的喜歡也不是妳左右的啊，不然我就會求妳讓他喜歡我了。」

她又看了一眼手裡的面紙，臉上的淚已經全乾了，我以為她會還給我，但她卻在猶豫之後將面紙小心地收進口袋。

「我沒辦法討厭妳啊，就算妳只給了我十分鐘，但是，我也就只有這個十分鐘了。」她輕輕笑了，清澈卻讓人心疼。「可是現在我還多了一包面紙。」

我真的應付不來。

那一瞬間我忽然想，差一點我就要變成葉承佑的情敵了。

事情越來越往我不能理解的方向奔馳而去。

預想的修羅場沒有上演，我反而體驗了一場粉紅虐心戲碼，不僅如此，這世界比我以為的更加玄幻，此刻的我，居然和吳欣蓓肩並肩坐在號稱幽會秘密基地的美術館盡頭階梯。

十分鐘之前，吳欣蓓抿著唇，深深吸了一口氣，彷彿正醞釀一個無比重大的決定，但不管是什麼，我都沒有參與的立場和必要。

無論如何我都不會預料到，她所決斷的，竟是伸手拉住我的衣袖，以美好又脆弱的姿態凝望著我。

「妳可以再給我十分鐘嗎？」

事實證明，性格再柔軟退讓的人，依舊會得寸進尺。

我想說不行，卻想起方才她小心翼翼將面紙收進口袋的舉動，圍繞她的人總是那麼多，她卻誰也沒辦法抓住。

無聲地嘆了一口氣。十分鐘就十分鐘吧。

「這是我第一次蹺課呢。」

我提不起勁戳破她「妳剛剛躲去保健室技術上也是一種蹺課」，沒辦法，和哪個人第一次做些什麼總是特別的。

吳欣蓓揚起頭望向湛藍的天空，露出完美的脖子線條，精緻的側臉，她其實不必特意做些什麼，就能輕易讓人陷落。

分明是與她無關的下墜，在狠摔落地之後卻猙獰地控訴她設下了陷阱。

「妳知道嗎？我一直記得很清楚，那是在春天下過的一場雨之後的晴天。」

她低緩柔嫩的嗓音拉回我飄遠的思緒，我卻忍不住定格。

等等，這種小說般的描述方法既視感未免太強烈了吧。

「明明是晴天，我卻一直聞到雨的味道……國中的時候我一直很不受女生的歡迎，因為不管是什麼事，男生總是會替我說話，我不想這樣，但越努力解釋卻讓狀況越糟，我以為只要想辦法跟男生保持距離就好，可是結果卻是只剩下我一個人了……

「雖然很難過，但沒人想跟我成為朋友，我應該是做錯了什麼吧……我開始小心翼翼地做每一件事，女生們雖然也不理我，但漸漸不針對我了，只是，有一天有個男生跟我告白，在那之前我根本不認識他，也立刻就拒絕了，卻被班上領頭的女生打了一巴掌，說我不要臉，搶走她表妹的男朋友……」

吳欣蓓低著頭有些緊張地捏著手指，我別開目光，深怕自己會一不小心握住她的手。

我不能搶走本該是葉承佑的戲分。

「從那之後，我每天都過得很糟糕，那天，她們把一桶水潑到我的身上，明明是溫暖的季節，我卻冷到不斷發抖，我不知道該怎麼辦才好，蹲在一邊忍不住哭了出來，抬頭一看，發現陳榆宣站在我的面前……」

她的唇角泛開笑。

「他沒有安慰我，也沒有把外套借給我，而是一句話都沒說，特別冷漠地離開了……那時候我的心情好複雜，打定主意要跟男生劃清界線了，可是在那種狀況下，卻覺得是誰都好，會不會有個人對我伸出手……

「最後我沒辦法，再難堪也只能回教室上課，可是啊，我一走近教室卻聽見各種笑聲跟叫聲，居然是陳榆宣拉了水管往每個人身上噴水，說這種天氣就應該玩水……班上的每個人都玩得好開心，我卻忍不住淚水……只要每個人都濕透了，就不會有人發現我的難堪了……」

吳欣蓓望向我，太過真摯的。

「他真的，是個非常非常好的人。」

我終究是忍不住伸手摀住她泛著水光的雙眼。

「他很好，我已經知道了，所以說到這裡就夠了。」

不要再逼著自己揭開拚命隱藏的傷疤，只為了讓我察覺他的好。

下課鈴聲響了。

「妳去保健室吧。」從她眼眶泌出的水滴沾濕了我的掌心，「生病難受的人有權利不對任何一個人笑。」

她顫抖地覆蓋上我的手背。

終於哭了出來。

吳欣蓓的淚水彷彿暈染了整片天空，從那天開始，整整下了一星期的雨。

哭得那麼難受的她，隔天依舊揚起完美的微笑朝我揮手，葉承佑越發纏人地催促我約她一起去看球賽，而我單調的座位，忽然被綁上各式繽紛的緞帶。

彷彿每個人都奮力地朝目標奔跑，我卻茫然地站在原地。

「每天都有不同顏色的緞帶，我也想要有這種浪漫的人來追我。」

「同樣一件事換個角度就是驚悚的恐怖故事，例如說，緞帶其實是葉承佑對我發出的通緝，妳看，緞帶的顏色是不是從平靜的藍色和綠色，慢慢變成紅色系，這是威脅加重的意思。」

我一把扯掉蝴蝶結，胡亂地把緞帶塞進抽屜。

一條又一條的緞帶像男孩和女孩之間理不清的感情纏繞在一起。

忽然，我收到一則訊息。

——雨終於停了，想看五月雪嗎？

寄件者是陌生號碼，然而每一個字彷彿都能清晰聽見陳榆宣爽颯卻重量感十足的聲音。

我沒有回覆。

但我想，陳榆宣打從一開始就不需要我的回覆。

「小寧妳快看窗外！」

順著桑桑的驚呼我望向窗外，晴朗瀲灩的藍天下白色雪花紛飛著，仔細一看能分辨出是一張張被撕得細碎的紙片，同學們按捺不住好奇紛紛衝往走廊，急欲參與這場席捲平凡日常的風雪。

「是小考考卷耶。」桑桑驚呼了一聲，旋即興奮了起來。「我也要去拿物理考卷來丟。」

回頭一看，一個兩個男孩女孩開始撕起每天每天從不間斷的小考考卷，彷彿要用力撕碎無聊又煩躁的一切，從遙遠的頂樓做為起點，雪花在校園的各個角落紛飛而起。

我忍不住抬頭望向頂樓——

那裡，少年正明目張膽地朝我揚起太過燦爛的微笑。

我的手機又震動了起來。

——一起去看真的五月雪吧。

陳榆宣引起的騷動很快有老師跑向頂樓制止，他卻像早已籌劃好一切，抬高手打了個暗號，在老師衝向他的瞬間，他俐落撒出手中的一大袋紙花，不僅如此，各處的頂樓同時漫飛著大量的紙花，那畫面深深落進了每個人的心底。

彷彿一場真正的五月雪。

老師終於逮住陳榆宣和幾個男孩，他沉靜的表情像做好了所有準備，卻猛然回頭又給了我一個笑。

我忽然想起那天我和他最後一段的對話。

「我從來不相信一見鍾情。」

「無所謂，因為起點是什麼並不重要，妳只要看著我對妳的喜歡就好。」

他唇邊泛開和這一刻相同的燦爛笑容。

說著。

「就算妳假裝看不見，我也會用各種方法讓妳忍不住將視線轉向我。」

陳榆宣撒下的紙花被稱為「五月雪事件」。

然而眾人的話題中心卻是另一個男孩A，據說他為了對某個神秘的女孩表白才引發騷動。

神秘的女孩成為那段時間最讓人羨慕的存在。

在所有的討論中，陳榆宣以及其他的少年不過只是從眾，我突然想起吳欣蓓說起的那場午後的潑水狂歡，張揚強勢地讓所有人都成為他舞台的配角，卻沒有人看清他真正的心思。

或許不是沒有人能察覺，如同每一個魔術手法，無論多麼精巧，總有人視線無不被盛大的雪花迷惑，僅僅凝望著退居於角落的他。

我看著不遠處正握著一瓶冰涼的礦泉水站在陰影底下，抬頭對著早已停止降雪的頂樓怔怔發呆女孩，大概，雪花的冰冷還留在她的掌心，凍傷她柔嫩的肌膚。

「她在看什麼？」

「大概在思考人生吧。」

收回視線，卻在那拉回的弧度之中躍出葉承佑期待的神情，那場五月雪落下的紙花成為了火種，點燃了校園中男孩女孩藏匿的感情，據說，這些日子各種暗戀被公諸於世，各個角落上演遞送喜歡的行動劇，於是比往日更濃烈的歡愉以及更沉鬱的難過滲進空氣，並且被每一個身處其中的人確實的攝取，就連我也顯得有些躁亂。

葉承佑幾乎一天要在我耳旁叨唸十次——

「快點幫我約她來看球賽！」

他甚至主動要求表哥將奇異果端上餐桌，藉由大口大口的吞嚥來彰顯他的決心，儘管這類似於刻意跑去深山瀑布一躍而下來證明決心的舉動，在我看來除了自虐愚蠢之外根本毫無用處，沒想到，當他痛苦地將一整盤奇異果確實吃光之後，目睹全程的我居然動搖了。

大概是錯覺，我竟然聞到空氣中瀰漫著奇異果的氣味。

「欸，校花是不是在跟妳打招呼啊？」

我猛然回神，發現吳欣蓓正筆直朝我走來，而我早已錯過不經意轉身別開的最佳時機。

桑桑悄悄推了推我的肩膀，用自以為完美遮掩卻破綻百出的姿態低聲詢問：

「妳什麼時候跟吳欣蓓認識的？」

「在妳不知道的地方，各種事情從來沒有停止發生過。」

我給了她一個敷衍的假笑，下一刻吳欣蓓就在距離我一個跨步之外停下，在桑桑的迫使之下我不得不成為先動作的那一個。

「有什麼事嗎？」

其實我更想問的是「我們、不是能擺在檯面上的關係吧」？

原來地下戀情猝不及防地被曝光是這種感受啊。

吳欣蓓揚起恰到好處的微笑，將一個打上蝴蝶結的禮物袋遞給我，我對於被綁上蝴蝶結的東西有點陰影，但她明顯就是在給周旁所有人一個理由。

「我前幾天不舒服的時候謝謝妳送我回家。」她壓低音量，表情有一瞬的害羞。「是家政課做的布丁，妳好像不喜歡太甜，我糖放得比較少。」

真糟糕。

再這樣下去，我都要以為我跟她準備奔向百合花開的花園了。

我想不透。

總有種狀況會往更難以理解的方向狂奔而去的預感，我給了桑桑一個眼神，她帶著被迫放棄搖滾區的不甘慢吞吞地離開。

「我是真心想跟妳道謝的……很多事都是。」

「我沒有質疑妳。」

「像這樣突然來找妳，妳可能會不開心，但是……」她小心翼翼地覷了我一眼，「我沒有妳的聯絡方式，也沒有其他偶遇妳的辦法，雖然我們認識的經過有點奇怪，但是——」

「雖然我沒有對象，但我喜歡的應該是男孩子。」

她忽然愣住。

花了幾秒鐘消化我的語意，像煙花在她體內迸發開來一樣，她每個角度都能演繹完美的臉龐居然產生了一絲裂縫，無法多作修飾，她拚命搖頭，卻笨拙地找不到言語。

「開玩笑的啦。」我主動拿過她手裡的布丁，「以後有什麼話直說就好，不用迂迴地繞一大圈。」

吳欣蓓愣愣地點頭。

忽然我明白了，自己為什麼會對她格外的心軟，屈服於她的美貌大概是有一點，但更多的卻是我彷彿看到曾經的我的重影。

迂迴掩飾，小心翼翼地、試探一般地遞進，在別人眼裡像戴上虛偽面具的一舉一動，真相不過是害怕捧上真心之後卻被棄如敝屣。

「……我、可以跟妳做朋友嗎？」

「印象中有人也是這樣對我告白的。」

她又慌亂地搖頭，「我我我我喜歡陳榆宣啊，就算他變成女孩子也還是會喜歡他的那種喜歡……不對，我喜歡的是男的，妳可以放心，真的！」

原來表哥當初總是找各種方法捉弄我是如此有趣的事啊。

朋友。我想著。事情大概會變得更加複雜，一旦她冠上了「朋友」的標籤，我就無法只考慮葉承佑的心情了，何況她和我又因為陳榆宣而站在微妙的兩端，我抿著唇，心思像被風揚起的髮梢不規則的擺動。

時間似乎流逝得太快了，在那邊界，她又預備扯開經過長久練習的完美笑容，大概會溫柔地說是她越界了。

「我——」

「只要妳的出發點跟陳榆宣沒有關係，我就會說好。」

「不是的，我知道我和妳是因為他才會認識，我承認我也因為他對妳特別在意，但我想跟妳做朋友就只是因為妳，只是……」

「只是什麼？」

她靦腆地笑了，別開臉含糊不清地說著。

「如果有機會的話，我還是會替他說一點好話的……」

「面對情敵第一時間想到的應該是挖陷阱把對方踹進去吧。」我冷哼了一聲，「再說，喜歡這種複雜又沒有規則的事情，我現在完全不想跳進去。」

「我早就被拒絕了根本沒有戰力了啊，而抽離掉喜歡這個因素，他始終都是那個對我伸出援手的人。」她認真地看著我，「做人要知恩圖報。」

眼前的少女果然是我用任何角度都沒辦法理解的生物呢。

葉承佑觀察鍬形蟲的活動居然是正解。

「還有一件事……」

「有話就直說。」

「妳可以和我一起去看下星期的排球賽嗎？」

排球賽？

是葉承佑非得要我約她去看的那個排球賽？

困擾我好一陣子的任務竟然由目標物主動給出通關的鑰匙，忍不住我望了一眼雨雲還未散盡的天空，暗自懷疑起這是不是某種陷阱。

「為什麼要去排球賽？」

她一臉明晃晃寫著「說了妳就不會去了」，試探地拉著我的袖子，「不能就當我是陪我去嗎？」

如果有哪個裁判見證這一幕肯定會用力吹響哨子。

我瞥了她一眼，忍不住想著，我應該、大概、可能是喜歡男孩子的吧。

09

在裁判吹響哨音之前，我先聽見了花瓣飄落的聲音。

沒有陽光風卻很大的星期日下午，我捧著從表哥花圃摘來的陸蓮踏上冷硬的階梯，最後停在一座安靜的石碑之前，石碑上褪色的照片是毛帽阿姨清淺的笑容。

「上次就要來的，花也買好了，但是——」

蹲在毛帽阿姨的照片前，我一邊擦拭著墓碑，一邊碎唸。「反正表哥種的花更好看。」

「最近我的生活發生了超多事，一開始是葉承佑喜歡校花，但校花喜歡別人，然後那個別人居然喜歡我……喔、現在校花變成我的朋友了。我每天都煩得要死，數學三題有兩題解不出來，物理又不及格差點被表哥拎去補習班，還被捲進亂七八糟的感情問題……」

我重重地嘆了口氣。

任何事情都需要出口，卻不是每件事都能找到合適的人承接，忘記從什麼時候開始，心煩的時候就來找毛帽阿姨說話變成了一種習慣，彷彿只要待在她所在的地方，我就能獲得短暫的溫暖。

起初是我不小心闖進毛帽阿姨的病房。

我的童年大部分時間都在醫院度過，我爸是非常忙碌的外科醫生，一下課我就被某個他委託的親戚或同事送到醫院，別的小朋友在安親班消磨時間，我則是窩在爸爸的辦公室，覺得無聊了就偷溜出去，一次兩次下來，我漸漸開始探索醫院的各個角落，說是探索，卻更像不知道該往哪裡去又該做些什麼的閒晃，直到我推開毛帽阿姨的房門。

「妳迷路了嗎？」

「沒有。」

大概是看出了我的處境，毛帽阿姨沒有叫來護士，也沒有趕我離開，更沒有露出醫院裡那些大人逗弄小孩的神態，她比了比桌上的玻璃水壺。

「幸好妳出現了，可以請妳幫我倒一杯水嗎？我的手剛打完針沒有力氣，怕一拿起水壺就打翻了。」

於是我替她倒了半杯水。

「謝謝。」她的笑有些蒼白，在冰冷的房間內卻顯得溫暖。「我沒有謝禮能給妳，本來有糖的，但被護理師發現收走了，下次妳來，我再給妳好嗎？」

我不需要謝禮，也不是很喜歡吃糖，但我還是點頭了。

從那之後，我幾乎天天都往毛帽阿姨的病房跑，她讓我倒水、替她拿外套，或者澆灌那盆擺在窗台的花，甚至是替她唸書上的故事，她會開心地給我各種零食，又或講故事給我聽；很久之後我才明白，其實我要的並不是糖果，也不是想幫助誰，而是渴望被某個人需要。

毛帽阿姨需要我吧。

一想到這點我在醫院似乎就不再孤單無聊了，後來我終於知道，實際上是我需要她，直到現在我也還是需要她。

「如果我拋一下硬幣或是扔個筆，妳會給我指示嗎？」

「不會對吧，要是妳肯給我指示的話，我的物理就不會不及格了。」我站起身，拍了拍褲子上的灰塵。「我該回去啦，唉，表哥說我不想去補習就只能讓葉承佑盯著把題解完……」

人生好難。

數學和物理更難。

「王慕寧？」

我沒有多想便轉身，完全不在我預料內的少年正站在不遠處的階梯上。

少年總是會在這樣那樣的奇妙場景踏進來。

「沒想到會在這裡遇見妳。」

「我不想遇見你。」我的視線滑過他手裡捧著的花束，「不打擾你，我要回家了。」

「我也正要離開。」

「那好，你走哪一邊？」

就算繞路我也會跟你走不同邊。

然而他畢竟是會強勢在我手腕綁上緞帶的人，我太過直白的心思對他產生不了一絲動搖。

「我走有妳的那一邊。」

「那你待在原地吧，不管你走哪一邊都不會有我。」

「妳這句話在物理上是矛盾的。」

我懷疑這傢伙在影射我的物理不及格！

冷冷瞪了他一眼，在我被表哥逼迫的關口，他居然還來撒鹽，我只好抓起另一把鹽撒向他，逼他退散。

「你和那天在超市跟我告白的男生有什麼兩樣？」

「沒有。」他沒有遲疑，淺淺地笑著。「人一旦有了喜歡，大概都是一樣的，不過我還是有點分際的，至少不會讓妳有用購物袋打人的舉動。」

不想跟他說話。

我索性直接往另一側走去，沒想到他並沒有跟來，我忍不住回頭確認了幾次，終於肯定沒有他的身影，卻又收到他傳來的訊息。

——我看見妳回頭了。

——妳是不是開始有點在意我了？

討厭的傢伙！

「身後可能有個跟蹤狂誰都會在意好不好！」

我不爽地要將手機扔進包包之際，他又傳來另一則訊息，明明不想讀的，卻瞄見停留在螢幕上的內容。

——謝謝妳讓我感覺自己很幸運，能在這樣的日子不是一個人。

什麼樣的日子？

我告訴自己不要探究，也不要去揣測，然而所謂的人，越是壓迫自己不去做的事，便越會全心全意地投入。

於是我就失眠了。

「小寧，妳不用緊張啦，我今天狀態超級好，絕對不會讓計畫落空。」

計畫？

什麼計畫？

喔、我想起來了，是積極展現排球王子閃閃發亮的優點，意圖閃瞎吳欣蓓的雙眼從而達成使她移情別戀的目的。

解釋往往是浪費力氣，我敷衍地拍了拍他的肩膀，點頭表示讓他加油。

儘管他實在是用力過頭了。

「不覺得你們家小竹馬今天特別帥嗎？」

「妳所謂的帥呢，代價是他霸佔廁所一個小時，害我只能在廚房刷牙洗臉。」

我冷哼一聲，球場上的葉承佑朝我揮了揮手，明明是與其他人無關的舉動，卻也能引起一陣尖叫。

好吵。

球場對失眠的我是個極度不友善的環境。

「我去三樓，場邊太吵了。」

「好吧，我會多拍幾張照傳給妳。」

「妳盡量拍吧，反正我會直接刪掉。」

桑桑和同學興奮地擠在場邊，而想遠離球場的我簡直像逆流的鮭魚不斷地跟湧入的人群對抗，花了一段時間好不容易爬上三樓看台，以為能得到安寧卻立刻被打破。

「小寧！」

吳欣蓓開心地對我揮手，在她身上罕見的張揚引來不少目光，很好，又來一個任何一舉一動都能讓男孩們短暫失神的發光體。

「謝謝妳來了。」

「不用謝我。」我盡責地伸手比了場上的葉承佑，「那個是我表弟，喔、就上次一起送妳回家那個。」

吳欣蓓認真地看了好幾眼葉承佑，接著湊近我身邊，也伸手比向場上。

「那妳……有沒有發現，另一隊裡面有陳榆宣？」

陳榆宣？

狀況走向太過跳躍，我不由自主起身搜尋少年的身影，此刻的場上，兩隊球員正面對面站著，不知道該說是太巧還是太過不巧，葉承佑的正前方站的就是陳榆宣。

葉承佑的愛情路簡直比天堂路更難走。

哨聲劃破體育館，我的思緒來不及醞釀，第一顆球就由陳榆宣的手上被擊出。

——比賽開始。

幾乎像是某種隱喻。

球賽的節奏非常明快，平時直率卻柔韌的葉承佑一上場就侵略性十足，更別說他今天還懷抱著必須充分展現自我的決心，才開始就採取快攻，霸道強勢地連得三分。

體育館半數以上的女孩都在替葉承佑歡呼。

可惜他心底的那個人目光卻始終在另一個少年身上。

陳榆宣甚至不是主力，從小陪葉承佑練習，我多少能看出他應該是為了班級組隊臨時練了幾天球，運動能力很好，擊球跟發球卻有點生疏，憑藉他俊秀的長相和獨特的氣質不免讓人多看幾眼，前提是，沒有葉承佑這個幾乎是輾壓所有男孩的存在。

然而無論葉承佑多麼耀眼，吳欣蓓的焦點在哨音吹響之前便在追尋陳榆宣的身影。

我想，所謂的光，大概是只落在那個人的身上吧。

趴在欄杆上，看著衝勁十足恨不得把百分之兩百的自己悉數掏出的葉承佑，我忽然有點心疼。

既然喜歡這麼不可理喻，我也不必講求太多的道理。

「欸，妳不覺得我表弟很帥嗎？」

「很帥，球也打得很好，他一個人就拿了一半的分數。」

「他看起來很輕鬆吧，身邊的人好像也覺得他很簡單就能達到現在的程度，但根本不是這樣，他之所以能在場上充滿餘裕，是用大量辛苦的時光換來的。他啊，為了不影響功課，每天早上五點就起來訓練，不管平日假日，連下雨都會在家裡想辦法練習，身上到處都是傷，可是他從來沒抱怨過，因為是喜歡的事情啊，他老是一臉開心地那樣說，被別人否定也沒有關係，因為是喜歡的事情啊……」我輕輕地說著，在喧鬧鼓譟的體育館，誰也不會聽見。「一碰上喜歡的事就像個笨蛋一樣……」

「輕鬆的路到達不了太遠的終點，這是我爸爸跟我說的，我想妳表弟一定能帶著他的喜歡走到很遠很遠的地方的。」

然而他想抵達的終點是妳啊。

場上的葉承佑又奮力跳躍殺球拿下一分。

看著被高高拋起的排球，所謂的得分，不就只是讓自己接住球而迫使對方落地。

既然球賽還沒結束，誰也沒辦法肯定地說出結果。

我揚起笑，看向吳欣蓓。

「下次一起去哪裡玩吧。」

10□

球賽比眾人預期的更加拉鋸。

從第一局的戰況，多數人都暗自想著大概很快便會以直落三宣告結束，沒想到短暫的換場重整居然讓落後的那方重拾氣勢，來來回回，硬是拚戰到了最後一局。

葉承佑那方贏了。

震耳欲聾的歡鬧只持續了幾分鐘，方才全心投入的男孩女孩一轉身撤退得比誰都快，一場比賽的勝負在他們的眼中或許跟煙花沒有兩樣，再耀眼也不能留下多少餘韻。

久久無法抽離的只有真正站在場上的那些人。

「小寧，妳不走嗎？」

「我等人走得差不多再動。」趴在欄杆上我無聊地看著人群，「我以前很喜歡跟葉承佑跑到一間在二樓的飲料店，那裡可以清楚地看見從車站離開的人，我們會比賽誰先找到表哥，輸的人就要付飲料錢。」

我忍不住笑了出來。

「但是我表哥太好認了，明明穿著打扮跟其他人差不多，我們就是能在他踏出車站的瞬間立刻發現，結果到最後找人遊戲根本變成搶答環節。」

「你們的表哥在你們心裡一定很重要吧。」

「嗯？」

「因為他在你們心中是特別的存在，所以不管在哪裡都能一眼就看見他，不覺得跟喜歡一個人很像嗎？」

「不要說了，這種比喻讓我覺得很驚悚。」

「我啊，最大的願望就是走在人群中誰也認不出我來，我就跟旁邊的每一個人一樣不需要多餘的注目，可是有時候我又會忍不住想著，要是我耀眼到誰都會多看一眼，那麼他的視線也就能多給我一點吧。」吳欣蓓瞇著眼開心地笑著，「是不是很貪心？」

無意間我察覺她握著欄杆的手因為用力而有些泛白。

我沒有接她的話。

「小寧——」

一道爽朗又染上些許興奮的聲音改變了周旁的氣流，我側過身，葉承佑邁著大步朝我走來。

「就知道妳在這裡。」

呵呵。

我忍耐著想點開嘲諷技能的心情，不去戳破他比賽開始前就用訊息轟炸問我是不是真的約了吳欣蓓，直到我在二樓看台跟他揮手之後才放過我；比賽一結束再度瘋狂傳來訊息要我一定、絕對、千萬要拖延時間至少讓他能跟吳欣蓓相處一分鐘。

人一旦擁有了一分鐘，就會伸手想抓住下一個一分鐘。

「走吧，我說贏了就請妳喝飲料。」他揚起無害的笑容看向吳欣蓓，「小寧的朋友也一起來吧，不過也只是販賣機的飲料啦。」

葉承佑這行雲流水的台詞，想必這整個星期都在惡補少女漫畫吧。

「不用了，我——」

「上次妳送的布丁他偷吃了一半，他本來就應該付出代價。」

葉承佑不好意思地摸了摸頭，「布丁太好吃了，本來只想吃一口的，沒想到……」

沒想到什麼？

分明是他不管不顧死命抓著我的手不准我吃第二口，最後用三個月零食櫃的優先挑選權來交換我手上的布丁，我忍不住想，再這樣下去，葉承佑手中擁有的一切都會成為他用來交換愛情的籌碼。

吳欣蓓有些無措，內心似乎在拉扯交戰著，畢竟她一直努力避免跟任何一個男孩有牽扯，只是葉承佑披著「朋友表弟」的外衣，掛著直率無害彷彿不摻雜一絲男女情愛的笑容，又似乎恰好卡在安全的邊緣。

兩人正無聲地進行攻防，每一次攻擊都揚起大量的粉紅泡泡。

到底為什麼我這樣一個普通人非得被逼著觀賞校花跟校草的浪漫愛情劇呢？

「要請客就快點，我渴死了。」

瀰漫戀愛氣味的世界裡沒走幾步就能踢到一個「沒想到」。

我是真的沒想到，才剛跳出粉紅浪漫愛情劇，下一刻我居然又踩進了另一個錯綜複雜的修羅場。

才剛走近體育館側門的販賣機，就聽見哐噹一聲飲料掉落的聲響，像一種重點提示，吸引所有人的注意力，隨後，彷彿有雙無形的手猛然按下定格鍵，三個人源於不同理由同時停下了步伐。

與此同時，在暫停的世界裡唯一能夠動作的少年轉過身來。

陳榆宣揚起爽颯明朗的微笑，無視於暗戀他的校花，也沒理會方才跟他在球場上對壘的校草，目光徑直落在場上唯一的普通人、也就是我，的身上。

「真巧。」

嗯、巧到能用尷尬引爆整顆地球了呢。

「這附近只有這裡有販賣機，其實也沒有多巧。」我偷偷踢了葉承佑一腳，「去投幣啦，我要喝水蜜桃口味的氣泡水。」

葉承佑回過神來，往前走了兩步投下硬幣，準備按鈕的手卻停滯在半空中，順著他的指尖，盡頭是閃爍著紅光的「已售完」。

「剛好，最後一瓶水蜜桃氣泡水被我買走了。」陳榆宣舉起手，作勢要將手中的氣泡水遞給我。「這在妳的定義裡算是巧還是不巧？」

我沒有接下氣泡水，也沒有回答。

但從我第一次見到他，我就清楚意識到他不是一個會順風而行的人，而是善於揚起手讓風將每個人帶往他要的方向。

「但其實也無所謂，畢竟重要的是氣泡水拿在我的手上。」

他不由分說地把水塞進我的掌心，冰涼氣泡水碰到熱空氣凝結的水滴沾濕了我的手，放大了他的存在。

盤旋在唇邊的拒絕在我瞥見吳欣蓓沉默的側臉之後又被嚥了回去。

「對了，這星期是油桐花開得最盛的日子，比起紙花，真正的五月雪更不應該錯過，雖然每一年都有花季，但綻放的卻不是相同的花。」

終於察覺不對勁的葉承佑擋在我面前，想了一下又往右邊移了一點，同時擋住我和吳欣蓓。

「小寧沒空，她還有三張物理卷、五張數學卷要寫，以她的速度，油桐花都掉光了也寫不完。」

忍耐。先忍過這十分鐘，要跟他算帳有的是機會。

葉承佑偷覷了一眼吳欣蓓，我想他比誰都不會忘記她送不出禮物的畫面，他似乎忍下了原本的質問，字句轉了一圈。「如果有空我跟小寧會去的，謝謝你告訴我們油桐花的消息。」

陳榆宣意味不明地笑了。

彷彿覺得人心很複雜，又顯得太過直白，四個人中間擺著一個過度膨脹的巨大氣球，就在最顯眼的位置，每分每秒都瘋狂叫囂著幾乎要爆裂的壓迫，我們離得那樣近，誰也不可能倖免，卻又別過頭假裝什麼都沒有。

氣泡水瓶身的水滴無聲地滴落。

「一起去看吧，油桐花。」吳欣蓓柔軟的嗓音中隱約透露著她的緊張，她低下頭緊緊盯著白色的帆布鞋。「自從那天在學校看過紙花撒下的五月雪之後，我就很想知道，真正的五月雪會有多漂亮。」

真正的五月雪。

她把這幾個字放得很輕。

我們所處的世界裡，又多了一個「沒想到」。

但我並不想再一次被捲進這場愛情漩渦，他和她和他，甚至又多了一個我，單向的箭頭相互纏繞糾結，此刻的我只想往後退一大步，感嘆個貴圈真亂。

「我——」

葉承佑突然抓住我的手，「說的也是，花季也就那麼幾天，錯過了好像有點可惜。」

我心好累。

這些人的心思可以不要翻攪得那麼劇烈嗎？

再說了，你們想去就去啊，聯合起來逼我也開口說「對啊好期待呢我們一起手牽手相親相愛去郊遊吧」是怎麼回事？

要不要看看現在隊形還踩著三對一的對峙局面，落單的明明是陳榆宣，但不到一分鐘我的隊友就轉過身來，依舊是三對一，只是孤軍奮戰的人變成是我。

呵呵。

「去，都去吧。」我皮笑肉不笑地來回巡視面前三個人，「聽你們這麼說我也開始期待，五月雪飄下來之後，會有多精采呢。」

我沒料到，自己還沒謀劃好要用什麼招式對付葉承佑，他就先闖進我的房間，居高臨下地質問我。

「不對，依照今天的脈絡，那傢伙是想約妳沒錯吧？妳跟他怎麼認識的？我怎麼不知道你們認識？」

我想都沒想就抓起桌邊的玩偶砸向他，他輕巧地一個抬手就把我的熊殺倒在地。

「一切的罪魁禍首就是你。」

「我？難道因為我在球場上帥氣地贏了他，他就把主意打到妳身上？但想想邏輯不太通啊，還是，其實他想約的是我，就跟那些想辦法跟妳交朋友實際像是想接近我的女生一樣……所以他不只是物理性的被我帥氣殺球擊倒，連他的心也被我打敗了？」

「我一定要燒光你房間裡的所有書！」

「不然我想不到其他可能了。」

我煩躁地把手上的筆甩落在桌上，解不出來的物理題煩死了，剪不斷戀愛線更麻煩，此刻我眼前的世界被各種實線虛線繞得亂七八糟，在計算出一份喜歡得要花多久才會從高空的某個點墜落在地之前，我就先被砸倒了。

「都是從你觀察鍬形蟲的實驗開始的！你不是很想知道我怎麼接近吳欣蓓的嗎？因為陳榆宣逼我把掉在地上的禮物還給吳欣蓓，吳欣蓓又逼我當場吃掉包裝袋裡的餅乾，然後是你，你又逼我約吳欣蓓去看你打球。」我站起身一個跨步衝到他的面前，伸手捏住他的鼻子。「你還不顧我的意願說要去看油桐花。」

他曾經說過，揍哪裡都好，就是不能打臉，就算忍不住攻擊他的臉，也千萬不能染指他最完美的鼻梁，然而現在，我毫不留情地捏住他的鼻子，他連一點掙扎都不敢。

「我知道錯了嘛……」被捏住鼻子的聲音有些含糊，「可是眼前擺著一個能跟她一起去看花的機會，直覺告訴我一定要把握住，否則可能就沒有下次了……」

我不爽地鬆開手，他緊張地跑到鏡子前心疼地檢查自己的鼻子，期間還瞄了我一眼，彷彿我做了什麼十惡不赦的事一樣。

「犧牲我來成全你的愛情，渣男！」

「妳不能這樣誣賴我，我沒有渣妳，我只是背刺妳。」

「鼻子不想要了嗎？」

他搗著鼻子，警戒地退到門邊，卻沒有離開的意思。

「還要做什麼？」

「後天，我叫妳起床。」

呵呵。

扯了半天，真正的目的是確保我不會爽約。

「我不去不是剛好，最好我再私下聯絡陳榆宣說不去了，到現場就變成你跟吳欣蓓的單獨約會了。」

「這個方案在來妳房間之前我已經否決了，吳欣蓓大概會直接說要回家。」葉承佑故作憂鬱地嘆了一口氣，抬高下顎展現言情小說男主的姿態。「我也明白她想看的不是五月雪，是那個男人，但我何嘗不是呢。」

我筆直走向門邊，果斷乾脆地把門關上。

「我會叫妳的妳不用擔心會遲到。」

「你再說一個字我整個週末都不會踏出房間。」

在我的句點落下之後，世界也跟著安靜了。

沒多久，門外響起葉承佑離去的腳步聲，我疲倦地將頭抵上門板，偷偷鬆了一口氣。

花了這麼大的力氣，至少暫時讓他忘了追問陳榆宣約我的意圖。

「突然覺得物理好像也不是那麼難嘛，至少還有答案可以抄。」

後來我才明白，無論這世間存在著幾份標準答案，但從來不屬於我。

試卷的答案被握在表哥的手裡，他還扣住葉承佑不准他替我解題，這兩天我無數次被扔進擺著ＡＢＣＤ四道門的密室裡，一次又一次地撞牆，一次又一次地掉進陷阱，僥倖開對門也沒用，表哥會揚起溫煦的淺笑，輕輕問我——

「解題過程呢？」

過程？

這凡事都講求結果的世界過程重要嗎？

選擇題難道還在乎我是丟橡皮擦還是扔自動筆嗎？

我不在乎，世間的大多數人也不在乎，但表哥一個人的在乎就能讓天秤絕對地傾斜，偷渡不成的葉承佑在送來點心的間隙不禁感嘆，跟愛情一樣，那個人的一句話就能掩蓋整個世界的聲音。

我不想理解他的喟嘆，最後我的腦袋除了各種虛無飄渺的物理算式之外，只剩下一句濃重的怨念，到底，為什麼，我非得為了一場我根本不想踏進的五月雪拚命熬了兩天夜？

「小寧起床，起床了！」

「再不起來就要遲到了——」

「吵死了。」

我本能地用被子蒙住頭，滿腦子只有一個念頭，我想睡覺，我哪裡都不想去。

但像我這般手無縛雞之力只能殺幾隻蟑螂的贏弱少女，無論如何都敵不過每日辛勤鍛鍊的男孩，更別說他還被戀愛吞噬所有理智；總之，他慘無人道地直接將我拉出被子，扛著我到洗手間，用毛巾浸滿一天之中最沁涼的晨露，啪地拍上我脆弱的臉。

「葉承佑你死定了！」

「長痛不如短痛，妳看，一分鐘內就完全清醒了吧。」

頂著昏昏沉沉的腦袋，我潦草地洗漱換裝，不到十分鐘就結束所有流程，沒想到，對，又來一個沒想到，當我重新踏進房間，我才看見牆上的掛鐘，指針恰好指在六的位置。

「才六點你是瘋了嗎？」我崩潰地大叫，「葉承佑你知不知道我為了改那些考卷昨天三點才睡！」

「我知道。」

葉承佑拉了拉不久前才剛剪的瀏海，臉上瀰漫我不曾見過的神色，靦腆、緊張、期待，還有某些我判斷不出來的情緒。

「因為我整晚都沒睡。」

我突然無言以對。

唯一閃過的念頭居然是，「難怪你黑眼圈這麼重。」

我錯了。

錯得轟轟烈烈。

無論如何我都不該詆毀一個期待約會的男孩的外貌，從六點到八點半，一百五十分鐘，我被迫跟葉承佑一起嘗試各種消除黑眼圈的網路偏方，走投無路的我只能潛入表哥房間偷了一副無度數的眼鏡，簡單粗暴的掩蓋痕跡。

「妳確定這樣能遮住？」

「平常不戴眼鏡突然戴不會很奇怪嗎？」

「我哥的眼鏡跟我真的搭嗎？」

一路上，葉承佑的碎唸完全沒有停過，我在內心反覆背誦元素表，幾乎以為自己能憑藉化學元素感悟得道。

所幸，在我飛升之前，先一步看見陳榆宣和吳欣蓓站在集合地點。

「比起擔心眼鏡跟黑眼圈，應該先擔心他們獨處的這段時間發生了什麼化學效應吧。」

葉承佑來不及說話，吳欣蓓就笑著朝我跑來，他心中的問號也只能沉入心底。

有些疑問，錯過了時機就再也得不到答案了。

「走吧，油桐花離這裡還要走一小段路。」

沒有開場白，沒有寒暄，彷彿他就只是為了賞花來到這裡，但也可能是今天的組合根本找不到適當的話題，一想到這點，我的視線不由自主地滑過在場的每一個人，唯有掀起一切風浪的少年一臉怡然自得。

但不管每個人心思如何流轉，該走的山路還是得走，該爬的階梯還是得爬。

……只睡了三個小時的我明明應該補眠，為什麼現在居然在爬山呢？

「妳昨晚沒睡好嗎？看起來有點疲憊。」吳欣蓓低聲關切，又壓低音量。「我也整個晚上都在翻來覆去，上了兩層粉底才蓋住黑眼圈。」

很好，看來黑眼圈是今天的標誌。

她有些討好地遞給我一袋巧克力，「補充能量用的，我知道妳不是很想來，可是……雖然下定決心站在原地就好，但還是忍不住會往前追逐……」

同樣的理由我三天前聽過。

差一點我都要懷疑他們私底下偷抄答案了。

大概，在愛情之中的他和她，懷抱的心思都是相似的，如同陳榆宣所說的，那個人像火，又或者像太陽，人其實是消弭不了想飛撲而上的渴望的。

——因為我，早就成了另一隻飛蛾。

我望向陳榆宣頎長的背影，如他這般能恣意掌握風向的人，也願意成為一隻追逐火光的飛蛾嗎？

那麼我所想追逐的火又是什麼？

「欸，我越想越不對，那傢伙突然說要來看花是打什麼主意？該不會是回心轉意想挽回……那個人吧？」

葉承佑搖了搖頭，我有點佩服他跟吳欣蓓居然能各自找到空隙來跟我說悄悄話。

「不對，那樣他直接說清楚就好，或者只約那個人就好……想來想去，我還是覺得他對我感興趣的可能性最大。沒錯，那個人都能毫不猶豫拒絕，不是戀愛絕緣體就是彎的！」

說得太有道理了我竟無言以對。

不過說不出話更多是因為我疲憊到連一小點力氣都不想浪費，路途並不難走，但再簡單的路都會消磨人的意志跟體力，何況此刻的我根本沒有把意志跟體力帶出門。

「走不動嗎？」

忽然，走在最前面的陳榆宣停下腳步，於是所有人都跟著他暫停動作，儘管是非常普通的反應，越微小的細節越能反映四個人之間的關係。

少年揚起笑，一陣風彷彿為了他而輕輕吹起，他朝我伸出手。

「要拉著妳走嗎？」

我還來不及反應，葉承佑首先發出了靈魂的質問，他錯愕地來回看向陳榆宣和我。

「我就站在妳隔壁，難道他看不見我正推著妳走嗎？還是……這是他想要吸引我注意的招數？」

葉承佑壓低了音量，但他的刻意反而讓每個人更清楚地聽見他說的話。

我決定無視葉承佑。

「我可以自己走。」

「妳能不能自己走，跟我想不想拉著妳走沒有衝突。」

你能不能稍微收斂自己旁若無人的性格！

我的右手邊站著暗戀他的女孩，不久前女孩還升格成了我的朋友，而我的左手邊站著我的表弟，他還是那種從小就熱衷翻攪我的生活的類型，陳榆宣知不知道他輕飄飄的一句話，就足以顛覆我平靜的日常？

不，他知道，他比誰都更清楚，此刻，他的眼神清澈又毫不遮掩，以他的方式迫使我不得不正視他的喜歡。

「等一下，你、你現在是在對我家小寧出手嗎？」

葉承佑的腦迴路終於接回正軌，他充滿陽光氣息的臉龐寫滿震驚。「還當著我的面？」

我已經放棄探討為什麼不能當著他的面的問題了。

「我表現得不夠明顯嗎？」

「暫停，先這樣，我需要消化一下。」他習慣性地把我藏在身後，「你先走，不要想在我手裡搶走小寧。」

陳榆宣似乎覺得非常有趣，笑著轉過身繼續邁步往前走。

「這到底——」

葉承佑的提問猛然卡住，我想他終於發現了，現場還有一個貫徹沉默到底的吳欣蓓。

擅長讀空氣的女孩過於用力地擠出笑容，佯裝自然地加快腳步，將空間留給我們，葉承佑神色變得更加複雜。

「所以現在我是應該阻止那傢伙接近妳，還是先去安慰她啊？」

我搖了搖頭，只給了他一個敷衍的假笑。

很顯然，葉承佑找到答案了。

一行人終於踏上開滿油桐花的小徑，卻沒有人發出驚嘆，也沒有人試圖交談，染著花香的沉默在空氣中浮動，我認真想著，早上我就應該死命滾成繭，用生命堅持不離開床的。

可惜所有的後悔都意味現實走在了想望的另一側。

「給妳，水蜜桃口味的。」

忽然，一罐氣泡水輕輕碰了我的臉頰，儘管只是一瞬間，但冰涼的觸感卻佔據了我全部思考。

他真的是非常擅長彰顯存在感的人。

我沒有接過氣泡水，而他依然直接把氣泡水放進我的手裡，三天前那瓶氣泡水還被扔在房間裡，我卻又多了一瓶。

「他們人呢？」

我後知後覺地發現，集體行動的四個人居然只剩下我和他，完全不見不久前才放話「別想從他手中搶走我」的某人身影，大概，也不必從他手中搶，他直接就鬆手了。

果然是重色輕表姊。

「去買飲料了，也可能是去洗手間。」

無所謂，反正很多時候也只是需要一個理由。

「妳表弟本來是跟著妳的，是我說服他去陪吳欣蓓。」

他毫不隱藏自己的心計與腹黑，打從一開始他從不曾對我掩飾些什麼。「我告訴他，我會用我能找到的每一條路走向妳，他能阻止我，這是他的自由，不過這樣吳欣蓓就落單了，畢竟，我不會為了一個我已經清楚拒絕過的人，去隱藏或是改變我的喜歡。」

真殘忍。

我不由自主地望進他黑亮的眼眸，殘忍，是吧，但他的殘忍卻讓人安心。

別開眼，我忽然有些無措，輕輕地告訴自己，這應該算不上動搖，任何一個人在這一刻都會被撼動的。

「他猶豫很久，後來才終於下定決心拉著吳欣蓓去買飲料。」

不想讓吳欣蓓目睹喜歡的人更積極追求著另一個人，但是啊，他自己何嘗又不是近距離地凝望著她為了另一個人心傷。

「你沒必要特地告訴我這些。」

「我不希望妳誤會他，這樣會讓妳難受吧，而且這對我來說也不過是幾句話就能說清楚的事。」

他有大多數人都沒有的坦率。

像陳榆宣這樣的人，通常都特別堅強，只是，一個人的堅強背後總是藏匿著理由，我斂下眼，那並不是我能過問的事。

「那也只是葉承佑選擇的結果而已，不代表我對他不重要，雖然對他而言我不是這當下的第一順位，但本來，也沒有哪個人能在誰的心中每分每秒都是第一順位。」

不經意地想起了些什麼，我輕輕地笑了。

「理解這一點之後，其實就不會有特別難受的時候了。」

短暫的凝滯沉降而下，我有些後悔，不明白自己為什麼會對他脫口說出這些話。

「走吧——」

我才試圖要揮散預期之外的對話，他卻先一步打斷我，臉上揚起誰也無法忽視的燦爛笑容。

「王慕寧，想看雪嗎？」

他的聲音還沒落地，身影就已經跑向不遠處的一棵油桐樹，他像個調皮的男孩開始用力搖晃著樹幹，隨著枝葉搖曳，一朵朵白色的小花撒落而下。

像雪。

卻有花香，卻有重量。

並且，不會融化。

我忍不住伸手抓住了一朵油桐花，就聽見他說：

「王慕寧，下次，我們單獨約會吧。」

12

我沒有應允陳榆宣，卻將那朵油桐花帶了回家。

整個房間彷彿都染上清淺的花香。

「……一定是熬夜又爬山削弱了我的意志力。」

敲門聲打斷了我的思緒，我下意識將油桐花藏進抽屜裡。

香甜的藍莓果醬味掩蓋了花香，我抬起頭，就看見葉承佑端來剛出爐的藍莓塔，他把我連人帶椅子拉到床邊，擺出審問的姿態。

「妳一開始就知道他喜歡妳嗎？」

「反正比你早。」

「該不會……吳欣蓓也知道吧？」

他瞪大雙眼，像隻迷路的哈士奇，我安慰地拍拍他的肩膀。「嗯，反正誰都比你早知道。」

「約這種局不會太地獄嗎？」

你才知道。

用叉子狠狠切斷藍莓塔，我挑眉露出調侃的笑容，擠出極度做作又陰陽怪氣的聲音。

「呵呵，有時間對著沒辦法收拾的殘局驚呼『原來會弄這麼亂啊』，是不是應該先想想是誰不顧我的意願硬是拉著我跳進去，那也就算了，發現狀況被搞得亂七八糟之後，居然屁顛屁顛跑去別人身邊打轉，把我扔在原地獨自面對一匹不懷好意的狼，你的良心不會痛嗎？」

「因為那頭狼在跟妳獨處之前就先叼走我的良心了。」

我用力踹了葉承佑一腳，卻被他抓住。

「哼，不要以為我沒發現，只要一提到陳榆宣妳就會扯開話題，我是有錯，妳要我怎麼彌補都可以，但現在的重點是妳跟他到底是什麼狀況？」

「他喜歡我，我不喜歡他，就這麼簡單。」

「上一個喜歡妳但妳不喜歡的男生被妳當作蟑螂趕跑了，但陳榆宣在妳附近出沒打轉好一陣子了吧。」

嚴格說來，葉承佑提到的男孩是上上一個，上一個男孩是被陳榆宣嚇跑的，只是現在並不適合澄清這一點。

我想解釋自己跟陳榆宣的起點不太一樣，他畢竟幫過我，但話到了唇邊又被我吞了回去，哪裡不一樣？從小就接受表哥世界觀的我們比誰都清楚，任何的感情都不應該跟愛情混淆。

所以葉承佑從來不給愛慕他的女孩一絲餘地，我也劃清界線不曾讓哪個男孩產生曖昧的錯覺。

可我對陳榆宣卻一次次地讓步。

他沒有催促我，安靜地等著我思索，我放下手中的叉子，凝望著日光燈投射在不鏽鋼表面上的反光。

「我不喜歡他，一開始是這樣，現在應該也是，狀況太複雜了，他說喜歡我的時候，我跟他之間的空氣已經混著你和吳欣蓓的喜歡，顯得他拿出來的喜歡跟從前我知道的那些不太一樣。」

我忍不住皺眉，似乎在藍莓的香甜之中又聞到隱約的油桐花香，又或者是洋桔梗的香氣，甚至是最初那日尚未綻放的白色玫瑰的氣味。

「就像今天的狀況，他其實也只是乾脆地承認喜歡我，但旁邊站著吳欣蓓，事情就變得複雜，然後另一邊又站著你，就整個亂七八糟了。」

只是，對陳榆宣來說，所有的一切似乎從一開始就明快簡單。

「就……天將降大任於斯人也，必先苦其心志，大概是老天看妳對談戀愛一直都沒什麼興趣，怕妳覺得無聊所以一口氣來個困難版本的？」

我不應該對葉承佑抱有期待的。

「你滾。」

「越級闖關的妳需要一個可靠的隊友，不然再約一個局，多闖個幾次說不定能找到關鍵的鑰匙。」

「趕快像一顆排球一樣滾出去！」

葉承佑摸摸我的頭，趁我伸手捏他鼻子之前跳下床快步衝到門邊，在他離開之前，我卻喊住了他。

「欸，你待在吳欣蓓身邊的時候，一直看著她追逐另一個人的樣子，不難受嗎？」

我輕聲地問，「乾脆轉身離開不是更乾脆嗎？」

葉承佑微微一愣，旋即揚起明亮的笑容。

「因為喜歡啊。」他說，清朗的聲音拋擲而來。「就算轉身也會忍不住偷偷轉頭看向她吧，與其站在原地掙扎反覆，不如大方往前走，走一步算一步吧，我覺得啊，喜歡一個人跟打比賽沒差多少，不管多努力練習也不可能每一場都贏，但不參加就等於認輸了。所以，就算有輸的可能，也還是要抱著想贏的意志打出每一顆球，大家看見的是球賽有可能輸，對我來說，是這場比賽有可能會贏。」

他筆直地望向我。

「小寧，截至目前為止的人生裡，妳有想要追逐過什麼嗎？」

他說，輕緩卻富有重量感。

「妳有任何一場無論如何都想贏的比賽嗎？」

沒有。

我很小就學會，懷抱的執念越小，落空之後受到的傷害越小。

在一次又一次的期待之後，現實給我的答案是一片空白，好像我的想望是渺小不需要被在乎的，於是我慢慢學會收起那些期盼。

三年前搬到葉承佑家那天起，藏匿在我心底的希望便徹底熄滅了。

「一場註定會輸的比賽，我有多想贏根本不重要……」

癱躺在單人床上，剛經過曝曬的被單散發著陽光的味道，從前的我很少聞到這種氣味，更多的是洗潔精的人工香氣，被子烘得再軟也沒辦法好好入睡。

在我有限的記憶裡，看見的總是爸媽忙碌的模樣，爸爸熱衷於公益，談論的話題總是哪裡的偏鄉有需要幫忙的人們，或者哪裡的安養院需要更多支援，每個人提到爸爸總是充滿讚賞，說他是最敬業的醫生，也有人說他無私，有人說他偉大，一開始我會為爸爸感到驕傲，然而隨著時光推移，我漸漸發現那份驕傲的代價是我從來不能擁有爸爸的時間。

我媽和他是截然不同的類型，她對生活和事業都充滿野心，沒有一瞬間滿足過現狀，所以我媽總是非常忙碌，桌上散落滿滿的文件，偶爾有了短暫的休息時間，便會開心地摸摸我的頭，告訴我，我能擁有如此富足的生活是她最大的成就。

富足，我想是的，家裡永遠都是整潔乾淨的，因為家政阿姨每隔一天就會仔細清掃每個角落，不做飯的媽媽連叫的外賣都是飯店等級，她吩咐助理替我準備精緻可愛的衣服鞋子，鉛筆盒裡放進昂貴的文具，但是我的聯絡簿簽名欄永遠都是外人的筆跡，偶爾是家政阿姨，偶爾是助理姊姊，又偶爾是我自己偽造的簽名。

這樣的日子裡，每年我最期待的便是我的生日，至少在這一天，一家三口能擁有一個完整的晚餐時間，我已經學會不去在乎媽媽頻繁分心回覆訊息，也不再糾結爸爸能仔細說出病人的喜好卻記不得我幾年幾班；沒想到，國二那年我生日的晚餐，卻成了討論我去留的家庭會議。

「我考慮很久，覺得自己應該趁著體力還不錯的時候去國外支援，小寧已經能照顧自己了，也不會讓妳太辛苦。」

「我沒有辦法，前幾天總公司的任命下來了，你知道我這幾天都在爭取總公司的位置，放棄這次就再也沒有機會了。」

爸爸想實現當無國界醫生的理想，媽媽想追逐事業的高峰，那天大概是我記憶中聽到爸媽說最多話的一天，但我一句話也插不上，只能默默聽著他們各自闡述自己的渴望和讓步，儘管沒有明說，然而潛藏的意涵終歸是那麼一句——

如果不是有了小寧，我不會還在這裡原地打轉。

兩個星期之後，他們有了共識。

「小寧，妳已經能好好照顧自己了，也沒有令人擔心的事，我跟妳爸想讓妳轉學去寄宿制的學校，也能直升高中，是一所升學率很好的私立學校，對妳以後也比較有幫助。」

不是詢問我的意見，而是直接給出了一張判決書。

我沒有拒絕，也沒有答應，我想縱使我在那當下不合時宜地唱起歌也不會改變任何的什麼。

沒想到，用力擊破定局的人是葉承佑。

在我轉學到私立學校的第二個月，葉承佑在某個假日成了接我放風的親戚，他沒有鋪墊就拿出自己的所有存款。

「我們先去巴黎找妳媽，再去非洲找妳爸，告訴他們妳不想讀私立學校，看妳要跟著他們哪一個，就死賴在那邊不走，妳只要夠堅持他們就拿妳沒轍了。」

後來我才知道，葉承佑把他所有珍藏的小說和漫畫都賣了，還跟表哥借了錢，只為了替我買一張單程機票。

「妳不喜歡的事就要直接說出來，一直後退一直後退只會撞到牆。」

葉承佑不止一次這樣唸我。

那時候的我，跟吳欣蓓其實差不了多少，害怕爸媽嫌我麻煩，所以不吵不鬧，再不喜歡的安排也會笑著說喜歡；我不喜歡穿裙子，但還是天天換上媽媽添購的洋裝，我討厭奇異果，但當爸爸又一次把他病患的喜好錯植在我身上，買給我的奇異果我依然會一口一口吃下去。

可是啊，跟葉承佑說的一樣，一直後退下去，結果就是被逼到牆角而已。

所以我們蹺課跑到了機場。

儘管立刻就因為點名沒到被私立學校發現，還沒登機就被趕來的阿姨逮住，我以為會被討厭，或者被斥責，但阿姨卻緊緊抱住我，安撫地拍著我的背。

「沒事了，阿姨帶妳回家。」

帶我回家。

阿姨的話像一句咒語，解救了我卻也綑綁住我。

那時候的我無比清晰地看見咒語深處的內核，想必是我媽要阿姨阻止我，別讓我搗亂。

我幾乎要豁出一切的追逐，對彼端的爸爸和媽媽而言也只是困擾罷了。

葉承佑悄悄握住我的手。

爸媽離開的時候我沒有哭，阿姨抱住我的時候我也沒有哭，但當他什麼都沒說地握住我的手的那一刻，積聚已久的淚水終於潰堤。

「退了機票之後我們拿那些錢去遊樂園玩。」

他沒有安慰我，也沒有叫我擦乾眼淚，直率得彷彿他完全沒察覺我正在痛哭，手卻一直沒有鬆開。

「如果妳還是想去巴黎或是非洲，下次我們再去。」

「好。」

只是從那之後，無論是巴黎或是非洲，都沒有再被我提起過了。

我終究還是明白了，我所追逐的盡頭並沒有我的容身之地。

13

我做了一場漫長的夢。

在床上發了很久的呆才漸漸回神，我洗了好幾次臉，才稍微揮去充斥在體內黏稠的不適感。

沒想到，一走下樓我就聞到與整個屋子不搭調的濃郁香氣。

我有些心神不寧。

不安定的精神逐漸膨脹，熟悉的空間卻處處透著突兀的線索，不尋常的香味，餐桌上包裝過於精緻的蛋糕盒，以及、玄關那雙和一切格格不入的紅色高跟鞋。

啵——

有些什麼破了。

「妳在家啊。」

我猛然回過頭，看見一個彷彿從時尚雜誌走出來的精緻女人，手裡拿著玻璃水杯，慵懶地倚在門邊。

「我帶了甜點，在桌上。」

「我不知道妳會回來。」

「妳阿姨忘了說吧，這也不是多重要。」她不在乎地抿起笑，如同她也不在乎我過得如何一樣。「我會待一星期，不說了，我要去睡一下調時差，吃飯也不用叫我。」

說完，她隨手將玻璃水杯放在桌上，沒有多看我一眼，俐落乾脆地旋身走回客房。

「妳站在這裡做什麼？」

「我媽來了。」

葉承佑剛結束晨練，迫不及待想放下背包趕快沖澡的動作僵在途中。「這麼突然？」

「大概吧。」

更大的可能是她事先通知了阿姨，但基於她出爾反爾的紀錄，即便是提早一個月預定回國，隨時都能為了工作改期或取消，所以阿姨為了不讓我失望，索性不告訴我。

「桌上是她帶回來的甜點。」

「趁我哥回來之前我們先挑吧。」

葉承佑佯裝輕快地走向餐桌，卻在打開蛋糕盒之後愣住了。

他重新闔上蛋糕盒，發揮他拙劣到不行的演技。「我還是比較想吃冰，走吧，猜拳輸的請客。」

「你演技很差。」

我越過他將蛋糕盒拉到眼前，果然，裡頭擺著看起來非常美味的、奇異果水果塔。

其實也沒什麼。

「反正你也不吃，我帶去掃墓吧。」

「掃墓？」葉承佑視線掃過牆上的掛曆，輕輕啊了一聲。「我還想說妳今天怎麼這麼早起床。」

今天是毛帽阿姨的忌日。

拎起蛋糕盒，真不知道這算是巧還是不巧，至少我不必特意為了我媽找理由出門，也不必非得待在家不可。

我所做的一切，不過是進行著平凡而普通的日常。沒有因為她突如其來的闖入而脫離軌道。

「我等一下會到學校圖書館念書，妳掃完墓也來吧，反正妳有寫不完的數學考卷。」

他的關心總是帶著刺。

敷衍地揮揮手，我維持著不快不慢、一如既往的步伐走向玄關。

「要去再跟你說。」

我從鞋櫃拿出布鞋，卻突然發現紅色高跟鞋佔去了穿鞋的位置，最後我只能以單腳站立的姿勢把鞋穿好。

儘管，我的平衡感一直都不是很好。

在降雨機率百分之九十的日子裡，天空依然掛著炙烈的太陽。

盒子裡的奇異果塔無論多美味都會變質吧。

走到毛帽阿姨的墓前，我並沒有供上奇異果塔，而是放了一束在路上花店買的百合花。

「每年的這一天，天氣都特別好。」

「我媽突然回來了。」蹲在墓前我用濕紙巾緩慢而小心地擦拭著毛帽阿姨的相片，「總是這樣，不管說了多少次我不在乎，她都能漫不經心地破壞一切……我跟葉承佑一起看小說的時候，常常抱怨角色被出軌被背叛為什麼還放不下，結果我也差不多。」

我自嘲地笑了。

「如果我哪天談了戀愛應該不會這麼蠢吧。」

「這樣想想，我爸算好一點，至少他不會想出現就出現，他是根本連回國的時間都沒有。」

手機響了一聲。

是葉承佑傳來好幾則無聊影片。

「奇異果塔帶回家之後，葉承佑一定會全部搶過去吃光吧。」我戳了戳開得正好的百合花，花朵在烈日照耀下漸漸喪失了水分。「我是不是應該更認真想辦法替他製造跟吳欣蓓相處的機會……」

忽然，一片陰影將我攏進，不是意外飄過的雲，而是少年撐著的傘。

「曬得太久身體裡的水分會蒸發光的。」

「人不能進行光合作用嗎？」

「也是。」

陳榆宣果斷收起傘，他總是如此直率坦然，彷彿每一條路都能走成屬於他自己的路。

或許是因為他替我遮了陽光，又或者是他選擇收起傘陪我進行光合作用，甚至可能，是他在這一刻恰巧走到我的身邊，我沒有像平時那樣想跟他保持距離。

「你也來掃墓？」

「路過。」他泛開笑，唇角的弧度在日光映照下顯得過於耀眼。「但也可能是為了遇見妳。」

「不想說就算了。」

捧著一束花走進墓園，不必思考都能看穿他的謊言。

大概不是謊言，畢竟他並沒有掩飾，他的姿態清楚地透露「我不想說謊卻也不想說實話」。

「要走了嗎？我送妳回去。」

我拎起被放在一旁的蛋糕盒，遞到他面前。「要吃嗎？據說是很好吃的水果塔，不過是做過日光浴的水果塔，可能會有點曬黑。」

「一起吃嗎？我請妳喝飲料。」

「都給你，我在減肥。」

陳榆宣接過蛋糕盒，沒有追究我充滿瑕疵的說詞，如同我沒有提及他手上那束粉色菊花。

「既然要減肥，就做點運動吧。」

運動？

我咬牙搬動充滿重量感的花桶，抽空瞪了正笑得幸災樂禍的傢伙。

「運動跟勞動是不一樣的。」

「能達到消耗熱量的效果就好。」

「只要一小口的水果塔就能抵銷一整個下午的努力，比起折磨自己，只要一開始不吃就好。」

「但是這樣會少了很多美好的體驗喔。」

陳榆宣伸出纖長的食指將我垂落的髮絲勾到耳後，過於親暱的舉動迫使我往後退了一大步，但他恍若未覺，彷彿方才只是一個再自然不過的動作，下一秒就繼續整理桌面上的花。

「這種交換太不等價了。」

「對妳而言不值得的事物，另一個人說不定願意付出一切去交換。」他拿著花剪俐落剪斷花枝，「至少我是願意的。」

願意什麼？

我沒有延續他的鋪墊，而是拉了一張椅子坐下，看著他重複細瑣無聊的作業。

「花店的工作比我想像的辛苦。」

「是吧，好幾個工讀生都跑了，大概是以為花店的工作就只是替客人挑選花朵、用好看的緞帶紮起漂亮的花束，那類輕鬆又適合拍照打卡的工作吧。」他轉頭看向我，「跟喜歡一個人一樣，越走近才發現，在那樣色彩斑斕的花園裡，多的是蚊蟲和棘刺。」

他抽起一枝鮮豔的紅色玫瑰。

「有些人轉身跑遠了，卻又有些人越陷越深，畢竟美麗的花朵還是會讓人奮不顧身。」

「你在寫詩嗎？」

明明是挖苦，陳榆宣卻像被逗樂一樣愉快地逸出笑聲。

「我不寫詩，倒是天天替客人在小卡上寫上各種句子。」他努了努下巴示意我看向桌邊堆疊的幾本詩集和散文選。「店裡還缺一個工讀生，妳有沒有興趣？」

「等我把物理考卷寫完再來考慮。」

「真是嶄新的婉拒。」

「你倒是很直白地瞧不起我。」

「人總是有不擅長的部分。」他想了一下，表情有些苦惱。「雖然我一時間想不到自己不擅長什麼。」

「呵呵。」

「王慕寧。」

「做什麼？」

他遞給我一朵粉色玫瑰，用香檳色緞帶打上小巧的蝴蝶結，我的抽屜裡已經塞滿了各種顏色，都是被他不由分說地放進我的世界裡。

「酬勞。」

我確實搬了不少重物，也收拾了一堆雜物，得到酬勞也是理所當然的，我又對自己說了一次，那是我付出勞動收穫的報酬，收下也不會產生一絲曖昧聯想。

於是我第一次主動接下他遞送給我的事物。

「酬勞也拿到了，我該回家了。」

「我還要顧店，沒辦法送妳回去，但妳隨時都能來。」他從花桶抽起幾朵花，看似隨意的挑選，透過他的雙手卻搭配出精緻的花束。「特別是想跳脫現實日常的時候。」

陳榆宣始終專注在花束上，用著稀鬆平常的口吻。

「花店很像另一個世界，飄浮在現實之上，放眼望去每一朵花都是真的，卻又好像不是自己生活中會出現的場景，偶爾人就需要這樣的地方吧，稍微逃離日復一日的生活，卻又不會遠得讓人沒辦法落地。」

他替花束纏上華奢的蝴蝶結，但他揚起的笑容卻更加張揚。
「更重要的是，這裡有我。」

14

那朵粉色玫瑰給了我一種隱晦的力量。

我翻找出被彌封在置物箱深處的玻璃花瓶，將玫瑰擺在窗台，從房間望去，外面的世界彷彿被賦予了不同的風景。

不過是一朵花。

卻又不僅僅是一朵花。

「妳心情很好？」

「還好。」

桑桑托著臉頰，一臉納悶地端詳我的神色。

「葉承佑早上在樓梯轉角堵住我，要我多陪妳說話，不然就幫妳找點事情做，但妳看起來滿好的啊。不過——」

桑桑話鋒一轉，整個人湊到我的面前。「我發現一個驚天大八卦。」

「什麼？」

「葉承佑跟吳欣蓓在美術館盡頭的階梯偷偷幽會。」

幽會？

難道我錯過了什麼關鍵發展嗎？

不等我思考，桑桑就拉著我往美術館飛奔而去，據她所說，兩個人十之八九還沒離開幽會現場。

「妳不是喜歡葉承佑嗎？妳現在的興奮程度不大對勁吧。」

「忘了告訴妳，我移情別戀了。」桑桑的腳步又加快了一點，她忍不住笑了出來。「是三班的班長。」

最近熱衷於排球比賽的桑桑，目光不知不覺從葉承佑身上移開，落在一個總是接不住球卻依然拚命撲接的男孩身上，她說，她終於歸納出自己愛情萌芽的核心，如同她看見的並非葉承佑的帥氣或者爽朗，而是他咬牙吞嚥奇異果的堅強，桑桑追尋的，大概是一個不強悍卻願意奮力一搏的男孩。

「因為我是那種遇到困難就容易退縮的人啊，那些我喜歡過的人擁有我做不到的堅強，就覺得，跟那樣的人在一起，面對難關的時候我就會有更多的勇氣去跨越吧。」

桑桑說：「喜歡啊，帶給人的不單單是輕飄飄的幸福感，更重要的是，因為有那個人在身旁，讓我們能夠奮力衝過自己一個人絕對過不去的障礙。」

——因為有那個人在身旁。

「妳看，他們在那裡。」

桑桑拉著我藏匿在柱子後方的陰影裡，順著她的指尖，葉承佑和吳欣蓓以保持適當距離的姿態面對面站著，表情像是在討論某些難題。

小寧。從葉承佑的口型我勉強判斷出自己的名字，頻繁地出現在他們的對話之中，不到幾分鐘我就梳理出幽會的全貌。

「人一旦陷入愛情連正直都能拋棄。」

「妳說什麼？」

「沒有。」我用手機拍下兩人的照片，「我應該可以免費得到很多頓飯。」

沒想到，我連照片都不需要拿出來就得到一頓下午茶。

葉承佑拉著我跑上頂樓，吳欣蓓捧著飲料零食布置野餐環境，到此我還能理解，八成是葉承佑打著「哄小寧開心」的旗幟搭起和吳欣蓓的橋梁，但為什麼，陳榆宣也在？

我不懂。

「你都想盡辦法製造跟吳欣蓓相處的機會了，怎麼會讓那傢伙有機會攪局？戀愛讓你的腦袋開了洞嗎？」

「唉，我能想得到的事情另一個人也能想得到。」葉承佑誇張地嘆氣，「她說那傢伙很擅長改變氣氛，一定有辦法哄妳開心。」

原來，這不過是那場五月雪的延續。

貴圈今日依舊亂七八糟。

「妳放心，我事先說過什麼都不能問妳，我也只說妳心情低落，所以不怕說詞有漏洞。」他搭著我的肩膀，似乎有些苦惱。「妳氣色有點太好了。」

我有點想從頂樓把葉承佑扔下去。

事到如今我也不可能戳破他。

「看不出來我只是在強顏歡笑嗎？」

葉承佑心領神會地點頭，拉著我的手慢慢走向野餐墊鋪設的位置，喔、仔細一看是被剪開的黑色大塑膠袋，為了讓舒適感升級，吳欣蓓在底下多鋪了一層紙箱，另一邊的籃子和零食飲料則是簡單粗暴的合作社產物。

「意外的有儀式感呢。」

「對吧。」

吳欣蓓像得到誇獎的小女孩，開心地拉著我介紹野餐的內容物，每一樣都是我偏愛的點心，大概是葉承佑提供的清單。

大概是日光正好的緣故，我的心暖暖的。

「欸，我們準備了野餐的東西，你是不是應該搞個活動。」

葉承佑很快地就發球擊向陳榆宣，他拉開身上的書包，裡面是大量的緞帶。

「本來想趁著下課做點手工，沒想到意外派上用場。」

「緞帶？」

「剛好今天有風，把緞帶全部綁在欄杆上吧。」陳榆宣把緞帶分給所有人，「多看點鮮豔的顏色心情會變好。」

「聽起來完全不可靠。」

儘管這樣抱怨，但我們還是各自拿著緞帶綁在欄杆上，只是沒料到，以為只是打個結的簡單作業，除了陳榆宣，沒有人能俐落地綁出牢固又好看的蝴蝶結。

「為什麼一直掉！」

「我綁不緊……」

「蝴蝶結怎麼調都會歪掉。」

同樣一件事，突然映現出每個人不同的模樣，卻沒有人放棄，也沒有因為質疑結果而敷衍。

「不鬆開就可以了吧，隨便纏兩圈再打個結就好。」

「就算綁不好也要認真綁！」有逆來順受傾向的吳欣蓓出乎意料地反駁我，「這是為了讓妳心情變好的魔法，敷衍的話效力會減低的。」

「沒錯，一定是魔法。」葉承佑還在跟第一條緞帶奮戰，「絕對是吸取大家的能量灌注到小寧身上的黑魔法。」

我噗哧笑了出來。

也開始試著製作蝴蝶結。

結果，百分之八十的緞帶都是陳榆宣綁上去的，我忍不住瞄了他一眼，他側臉的弧度顯得格外認真。

「終於弄完了！」

「你才綁了三條。」

「小寧，過程不重要。」葉承佑完全不心虛地扯開笑容，「不過，意外的漂亮耶。」

我望向眼前的畫面。

恰好的風吹起色彩繽紛的緞帶，在藍天之下恣意地飛揚，那片習以為常的平淡風景暈染上各式的顏色，真的像一道魔法，就只要一點點的添加物，就能看見一個不一樣的世界。

陳榆宣不知何時走到我身旁。

「離開頂樓之後，妳會發現其實一切沒什麼不同。」他望向遠方，像在遙望某個明確的終點。「但是，妳不一樣了。」

他垂落在身側的手悄悄握住我的。

「因為只是給妳的魔法。」

我的心跳始終無法歸於平緩。

大概是魔法的效力還沒有減退。

下意識握緊右手，明明已經過了很長一段時間，掌心似乎還熱熱燙燙的，旋開水龍頭用冷水沖過也消弭不了殘留的熱度。

「……為什麼沒有甩開他的手呢？」

「緞帶、鮮花、體溫……接下來滲透進我生活的會是什麼？」

我不知道。

因為我的生活已經不是我所以為的模樣了。

推開房門的瞬間，我呆愣地僵在原地，一時間連所謂的感想都沒辦法擠出來，我只看見整個房間和我出門前的樣子截然不同。

「漂亮多了吧。」

空氣裡強橫地竄進馥郁的香水氣味，我最討厭她的就是這一點，我能別開視線，能將自己關在房間，卻怎麼也逃不開她四處飄散的味道。

「我花了一整個下午幫妳改變風格，雖然念書很重要，但有更多事物比學業更需要學習，像美感和生活質感這類的嗅覺，不是花上一兩年努力就能培養出來的。」

我媽叨叨絮絮地批評著原先房間的擺設，自顧自地談論著她新換上的床單，她從巴黎帶回來的畫，她在出差時淘中的小擺設，她她她，所有的一切，都與我無關，縱使是我的房間，也與我無關，眼前的一切充其量不過是她展現母愛的自我滿足。

然而這已經不是我最在乎的部分了。

「窗台上的花呢？」

「花？」話說到一半卻被我打斷，她露出不太開心的表情，臉上有點嫌棄。

「那朵花都快凋謝了，我說過好幾次了吧，不擅長裝飾也要懂得藏拙，不只是那朵花，花瓶的廉價感也很重——」

「妳把花丟去哪裡了？」

「小寧，妳有沒有聽我說話？」

「我問妳，妳把花丟去哪裡了？」

「能丟去哪裡？跟妳那些雜物一起扔了。」

她還沒說完，我徑直轉身跑向暫放垃圾的儲藏間，但是沒有，我找了一圈不管是哪裡都沒有。

忽然我想起來，儘管我一直以來都對爸媽給予的一切逆來順受，依然會藏匿起一些我喜歡的事物，但如同今天這般，偶爾她會心血來潮闖進我的領域，輕易地就扔棄那些我所珍視的。

「不用找了，妳阿姨拿垃圾出去丟了，花再買不就好了。」

丟了。

再買就好了。

跟她的女兒一樣，覺得麻煩的時候就丟了，想展現母愛的時候就隨意闖進我的生活，與那些她頻繁汰換的擺件家具沒什麼兩樣。

長久以來被壓抑的憤怒從那裂縫瘋狂地噴出，我的指甲深深嵌進掌心，差一點我就要爆裂開來。

「妳們怎麼站在這裡？」

突然，阿姨闖進了我和我媽的對峙，她疑惑的詢問迫使我意識到現實，是啊，這裡不是我能恣意發脾氣的地方。

我跟我媽的衝突不應該讓阿姨承擔。

用盡全身力氣將翻湧的憤怒吞嚥而下，我費力地扯動唇角，卻沒有餘力去辨認那弧度稱不稱得上是個笑容。

「沒事，我出去買點東西。」

說完，我快步朝門外走去，幾乎像奪門而出，我怕再多待一秒鐘自己就會爆發開來。

我只能躲到一個看不見那一切的地方。

漫無目的地往前奔跑，忽然我意識到，其實打從一開始就沒有改變過，我以為自己停下了，卻從來沒有，這十七年來我始終在奔跑，追逐著那些我想望卻不可得的，逃躲那些擺在我手上我卻不想要的。

我一直奔跑著，用盡力氣地奔跑著，卻不知道終點在哪裡。

直到筋疲力盡我才停下腳步，抬頭一看，發現自己竟然站在花店門前。

——妳隨時都能來。

這也是陳榆宣悄悄給我的魔法嗎？

但是，眼前的那扇門卻緊緊關著。

「已打烊」三個字讓我忍耐許久的眼淚終於超出了承受的臨界，無法控制地湧出。

「王慕寧。」

回過頭，被淚水模糊的視線裡走進一個少年。

我分辨不清他的神情，也掩飾不住自己的脆弱，不斷滴落的淚水幾乎像要帶走體內的所有水分一樣。

「陳榆宣，魔法、一點用也沒有。」

15

陳榆宣替我打開了花店的門。

鵝黃色燈光驅走了幽暗，電磁爐上的琺瑯水壺冒著熱氣，他從容地將水沖進馬克杯裡，柔和的佛手柑氣味瀰漫開來，與周旁的花香揉合成專屬於這個空間的獨特香氣。

他端著熱茶朝我走來。

「前陣子在一間咖啡廳喝到很好喝的茶，我花了很多力氣才買到一樣的茶包。」

「謝謝。」

我接過馬克杯，燙手的溫度卻恰好強勢地將我從冰冷低迷的狀態中拉出，他的視線停留在我的臉上，大概是落在泛紅的雙眼，我以為他會問，他卻低頭從口袋拿出手機。

「聽歌嗎？」

「嗯。」

輕快的音樂聲響起，我有些詫異，不怎麼聽西洋歌曲的我唯一能立刻認出的就是這首〈If I Needed Someone〉。

陳榆宣在我左手邊坐下，兩個人肩並著肩，捧著熱茶，聽著歌，我心中那份幾乎要噴湧而出的憤怒與痛楚奇異地趨於平靜。

「這是我最喜歡的歌，但我已經有好幾年沒有聽過了。」

「為什麼？」

「因為不敢一個人聽。」他仰起頭，彷彿凝望著燈光，卻更像透過那盞燈試圖看見更遠的地方。「我媽很喜歡唱這首歌，有時候我都懷疑她是不是只背得起來一首歌，但某一天，跟其他日子沒什麼兩樣，她什麼都沒有帶，輕便地像只是到附近的超商走一趟，但她卻再也沒有回來過。」

「為什麼跟我說這些？」

「大概是妳總是在最剛好的時候出現吧。」

「是嘛。」我低頭看著紅茶琥珀色的表面，倒映著他凝視的燈光。「我認識一個長輩也很喜歡哼這首歌，好像能透過旋律走回曾經一樣……有時候我會羨慕她，她的回憶裡有她想回去的地方。」

唱這首歌的時候，毛帽阿姨總是望著窗外，那時我年紀太小，分辨不出她的神情，便單純地以為她只是渴望病房外的生活，於是更加積極地向她描繪窗外的一切。

很久之後我才能稍微理解，她期盼的也許是某個不會來探望她的人，所以她哼起歌，讓自己短暫地回到記憶之中。

「她是什麼樣的人？」

「很溫暖的人。那時候她已經病得很重了，連水都沒辦法一個人倒，明明是需要被照顧的那一方，卻一直對我伸出援手。」我的唇畔泛開淺淺的笑，「雖然只有短短的幾個月，但那可能是我這十七年來最安穩的一段時光。」

「真好。」

「嗯，對啊，能遇到她真的是太好了。」

「她能在最後遇到妳也很好。」

「是嗎？那時候我可是一直在她的旁邊吵鬧，好幾次都被護理師趕出去，要我讓阿姨好好休息。」

「說不定那個人最需要的就是妳的吵鬧。」他給了我一個笑，「大多時候在我們心底留下最深刻痕跡的人，通常都是不經意地走了進來。」

他說。

「在墓園碰到妳的那天，其實我的心情很差，因為是我媽離開的日子，以前每到那一天，我都要花很長的時間消化情緒，可是呢，我碰巧遇見妳，妳還送了我一盒水果塔，我忽然覺得自己其實也沒那麼難受了。」

我想，或許花店真的是一個奇異的空間，能讓人掏出自己小心翼翼藏匿在最深處的感情。

但又或許是因為身旁的這個人，無論我拿出什麼秘密，他都會好好替我保管，所以我不想讓他替我蒙上太過美好的薄紗。

「送你水果塔只是因為我不吃，也許剛好給了你一點安慰，但那並不是因為我的善意。」

「我知道妳不喜歡奇異果，但是，不管起點在哪裡，對我而言終點都是一樣的。」他側過頭，像要望進我的眼底一樣。「我出現在花店也不是碰巧，更不是命運，是因為接到葉承佑讓我留意妳下落的電話，但那又怎麼樣呢，我就是先找到妳了。」

陳榆宣的姿態總是強勢又直進。

運動神經不太好的我接不住他投來的一百英里速球，我佯裝自然地站起身，瀏覽起四周的鮮花和擺設。

「你為什麼會在花店打工？」

沒有鋪墊，沒有轉折，完全沒有預告的跳躍，拋出問題後我有點懊悔，這強行切換話題的反應根本是明白寫著我的慌亂。

他沒有拆穿，而是配合我的動作，認真地回答我隨意問出的提問。

「因為花能盛開的時間很短暫，人卻又總是在追尋盛開的花，他們不在乎幼苗，不在乎枝葉，就只要那朵花，我想知道這種虛幻的擁有有什麼意義。」

「你得到答案了嗎？」

「算有吧，但也沒有，不管用什麼方法我都沒辦法完全掌握另一個人心中真正的想法，至少大多數從我手裡接過花的人，臉上的表情是真的喜悅。」他聳了聳肩，「可能也就只是這樣簡單的理由吧。」

盛開的花好看。

繞了一大圈拚命想解答的困惑最後卻得到一個簡單粗暴的結論，大概會感到茫然吧，費盡氣力奔跑的這段路途究竟是為了什麼呢？多少會這樣想吧。

我猜想他並不想要得到安慰，可是這不代表他不需要。

「作為你替我泡了一杯熱茶的回報。」我往前走了一小步，輕輕握住他的手。「分你一點溫度。」

我的聲音不由自主地放輕。

「如果我有一點你的堅強和勇敢就好了，你的奔跑是為了得到解答，可是我的奔跑卻是為了不想看到答案。」

「妳分給我溫度，如果妳需要一點勇敢的時候，隨時可以找我。」

「陳榆宣。」

「怎麼了？」

「你真的是很擅長說這些話呢。」

「王慕寧。」

「做什麼？」

「妳是不是開始有一點點喜歡我了？」

才沒有。

抿著唇我堅決不發出任何一個聲音，畢竟走在我身邊的這傢伙不管談論什麼話題，最終都能導回同一個結論。

「沉默的行走會讓時間以更慢的速度流逝，妳是不是覺得今天回家的路比平常更長？」

「那是因為在修路。」我停下腳步，比了前方的一間透天建築。「那間就是了，總之，今天謝謝你。」

他沒有質問我為什麼提早一個路口跟他告別，坦率地點了點頭。

「我看著妳進去再走。」

「不用了……」

「或是妳就站在這裡多陪我一段時間？」

「我走了，你路上小心。」

沒想到，我才剛轉身，迎面就看見葉承佑急切地朝我跑來。

他是很非常樂觀灑脫的人，仔細想想，他人生裡大多數的焦急擔憂都是因為我，突然我不知道該說些什麼，無論是感激或者愧疚都太過生疏。

「妳終於回來了，哥做了超好吃的燉菜跟烤牛肉，我剛剛還想妳再十分鐘沒回來我就把妳的份吃掉。」

「想得美，我現在很餓，連一口都不會分給你。」

「小氣。」

葉承佑小聲地抱怨，輕巧地揭過了我晚歸的理由，也迴避了我跟我媽的對峙，一直以來都是這樣的，也許是基於不插手我們家事的想法，阿姨一家人幾乎不會提起我的爸媽，但此刻我忽然發現，也許他們每一個人都比我更早理解到，我和爸媽之間的結是個永遠解不開的死結。

他們永遠不會改變，也不會讓步，於是長久以來我妥協、我忍耐、我不斷後退，但縱使我退到無路可退，擺在我面前的選項依然只有兩個，期盼落空，或者捨棄一切的期盼。

我轉頭看向安靜陪伴在我身邊的陳榆宣，對他揚起笑。

大概我還是幸運的，墜落的時候有人拉住我，而我到家的時候，有人焦急地來迎接我。

「葉承佑來接我了，你先回去吧，今天謝謝你。」

「想聽歌的時候可以找我，嗯、想喝茶的時候也可以，或是需要一朵花的時候……慢慢地我就會成為妳隨時都會想到的人了。」

葉承佑重重地咳了兩聲。

「你是真的看不到我是吧？」

「現在看見了。」我忍不住噗哧笑了出來，陳榆宣瀟灑地揮了揮手。「走嘍。」

非常俐落地轉身往前走。

真羨慕他的果斷。

「不要再看了，如果妳快要暈船的話，我會立刻把一整罐的暈車藥塞進妳的嘴裡。」他扯著我快步往家裡走，踏進門之前他突然停下。「……那個、阿姨去見朋友了。」

現實總是比預期的更加尖銳。

回來的路上我不斷做著心理準備，想像各種情況，例如她一貫地滿不在乎，認為我小題大作，又例如她不滿我的抗拒，給我冷臉或朝我發火；不管是哪種猜想，依舊存在著她會在意我的離家的假設，沒想到，我從根本就錯了。

「葉承佑。」

「怎麼了嗎？」

「烤牛肉給你吃，你把今天晚上留給我。」

「就算我比那傢伙帥，但我是妳表弟啊，這太禁斷了，小寧，妳不要太衝動……」

「燉菜也給你吃。」

「好，我吃完之後整個人都是妳的了。」

用力一掃，我把檯面上所有散發時尚感的擺設全都揮進垃圾袋裡。

拿掉牆上的畫，拆掉印有抽象線條的床單，扯起地板上誇張的編織地毯，把房間內所有與我意志無關的一切悉數清除。

充當工具人的葉承佑全程都掛著一張不敢置信的表情。

「……這比禁斷情節更刺激。」

期間表哥「路過」，把身體探進房間看了一眼，沒有發表任何感想，卻交代我們運動後記得補充水分。

水分。

或許表哥一直等著我破除困住自己的枷鎖吧。

——小寧，在這裡，每個人都有各自的生活方式和喜好，因為是家人，所以會相互體諒、相互配合甚至相互讓步，但也會有所堅持，重要的是彼此找到一個最佳的平衡。

——從今天開始妳就是這裡的居民之一，有必須遵守的規則，有必須忍耐的東西，但那之中不需要任何的勉強，打個比方吧，妳不喜歡奇異果，但這個家的規則是不能挑食，從一開始這件事就是衝突的，所以妳要想的就是妳能承受多少的奇異果，如果真的一口都沒辦法送進嘴裡的話，就提出交換的辦法。

交換的辦法。

大概，表哥一直想提醒我的，是我必須自己找到選項。

如同爸媽決議將我送進寄宿學校，我不願意，但我既沒有反抗，也沒有提出想要跟著他們哪個人一起出國，甚至是獨自生活；過了這麼久我才終於明白，人生不是選擇題，而是填空題。

「葉承佑。」

「又怎麼了？」

「借我錢。」

「妳要了我的人還不夠，還想要我的錢？」

「我會還啦。」瞪了他一眼，我指了沒有床單的床。「我所有東西都被丟了，連床單都沒有。」

「我先去跟我媽拿備用床單……」

「不要，就算買到床單之前只能這樣睡，那就這樣吧，我想睡在自己想要的床單上面。」

葉承佑瞄了我一眼，「其實，我們可以去找我哥，說不定有機會不用還……」

我們。

而不是我自己。

葉承佑總是不期然地給了我無形的擁抱。

「你先告訴我，哪一次你對上表哥是你贏的？」

「小寧，人要勇於挑戰。」

我忍不住笑了，體內彷彿有什麼東西被掏空了一樣。

環視被弄得七零八落的房間，垂下眼我低聲地說：

「我的勇氣大概一口氣用光了。」

網購的床單還沒到貨，我媽就拎著行李走了。

一通公司的來電，她連再見都沒留下，明明前一晚還自顧自地要我提早回家，她訂好了餐廳，更搬出她都特地從法國飛回台灣，至少母女倆得單獨吃頓飯的情緒勒索，當著所有人的面，再不情願我也只能應允。

誰知道，強迫人答應約定的是她，隨意毀約的人也是她，我再也不想被她隨便揮揮手就打亂所有安排，索性拉著葉承佑直奔餐廳，毫不猶豫地點了最貴的套餐。

「我全部財產加起來可能還付不起這一餐。」

「反正我拿的是她的副卡。」

儘管我爸媽在經濟上給予我非常寬裕的零用錢，但搬進阿姨家的規則之一就是零用錢額度必須跟葉承佑一樣，除非急用，我很少動用存摺裡的存款或者爸媽留給我的副卡，沒想到，第一次遇到的緊急狀況是這種情形。

「……這龍蝦也太好吃了！」

「欸，要不要點酒喝？」

「王慕寧，妳知道自己未成年嗎？」

「餐廳不知道就好。」

我們的計謀並沒有成功，戴著金邊眼鏡的服務生用著禮貌卻不容挑戰的笑容收走了酒單，只送來兩杯無酒精的軟性飲料，我甚至懷疑，服務生把餐後甜點本該有的提拉米蘇也給換掉了。

直到離開餐廳，我都有種被金邊眼鏡牢牢盯著的感覺。

「妳真的想喝酒喔？」

「也不是想不想的問題。」

熙來攘往的街道，街道各處閃爍著刺眼的光亮，喧鬧的人聲車聲和不知名的鳴叫聲，太多的什麼被拚命添加進城市的夜色之中，結果我們漸漸忘了真正屬於夜晚的星星。

「就突然想做一些打破規則的事情，告訴自己『看吧，我也做得到』……」

葉承佑拉住我。

「左轉，走另一條小路。」

「要去哪？」

「秘密基地。」

走了一段路，絢爛的燈光漸漸被拋在身後，他帶著我繞進一條安靜的小巷，隔著幾條街的距離，簡直像兩個世界。

最後我們在一間老舊黯淡得像是在與整座光鮮城市對抗的小雜貨店前停下。

「這裡的老闆不會管，有時候隊上有人慶生就會來這裡買啤酒。」

「看來是慣犯了嘛。」

「男生的圈子也是有規則的好不好。」他挑了挑眉，神情有些得意。「我們把酒偷偷帶回家，到頂樓喝，在最危險的地方犯罪，夠不夠刺激，夠不夠打破規則？」

我瞥了一眼正虎視眈眈盯著我們的雜貨店老闆，又看了正在模擬偷渡啤酒情境的葉承佑，組合起來讓他看起來像準備偷啤酒的臭屁孩。

「嗯、你再不去結帳可能會更刺激。」

夜晚的風很涼。

退冰的啤酒非常難喝，但因為是第一次喝酒，我根本判斷不出來瀰漫在口腔的苦澀是啤酒本身的氣味，或者是退冰之後流失了美味，總之，完全體會不了喝酒的樂趣。

大多數的事情都是這樣吧，表哥說的，雖然所有的心靈雞湯都鼓勵大家要勇於嘗試，可是百分之九十的嘗試，得到跟期望不符的落差感，不是說現實多糟糕，嘗試本身也並非徒勞，問題總是在人的自身，所謂的期望，本來就跟現實有著一定程度的高低差。

「啤酒好難喝。」

「我也覺得。」

「這就是大人的味道嗎？」靠在圍牆上我抬頭尋找星星，卻只看到被雲遮去一半的下弦月。「一大堆標榜大人味道的食物都是苦的，咖啡啦、抹茶啦，上次阿姨跟姨丈一臉陶醉的魚肝也是苦的，要是這樣，實在不想長大。」

「我爸說，魚肝好吃就是在苦味裡嚐到微微的甘甜，說什麼要先有過風雨，才會對下一個日出更加感激，不知道他又在哪裡看到的台詞，直接吃甜的東西不是更簡單。」他眼神突然一亮，表情有點懷念。「今天的甜點真的超好吃……」

我噗哧笑了出來。

「猜拳吧。」

「輸的請吃今天的甜點嗎？」

「想太多。」我比了腳邊的啤酒，「這些要喝完吧，猜拳輸的喝一口，不准耍賴。」

「猜就猜。」

說好不耍賴結果兩個人都拚命耍賴，我們從猜拳一路玩到扔硬幣、踢鞋子，還扯下髮圈彈空罐，我不知道是酒精慢慢在體內發酵，或是我和葉承佑就是特別差，才幾罐啤酒就溶解了我們的理智和思考。

最後葉承佑提議玩真心話大冒險。

「我跟妳好像該知道的都知道了，直接從大冒險開始！」

「好啊，你現在、立刻、馬上打電話給吳欣蓓，說你喜歡她。」

「誰不敢。」他旋即掏出手機點開吳欣蓓的號碼，展示他隨時能撥出的決心。「等一下，這不公平吧，妳沒有喜歡的人可以告白。」

喜歡。

我想了一下，腦海中慢慢浮現陳榆宣的臉，我對著葉承佑揚起得意的笑容。

「可是我有喜歡我的人啊。」我也霸氣地把手機放在桌上，「如果我不說理由，他還是半小時之內跑來這裡的話，我就……」

「就怎樣？」

「……我就親他一下！」

在酒精中迷失的我和他都沒有意識到，落敗者才需要執行挑戰，在一來一往的話語中拐向了另一條路，走著走著，終於徹底偏離軌道，變成了我們必須完成各自的任務才算勇敢。

於是葉承佑率先按下了通話鍵。

沒有鋪墊，沒有開場白，甚至連聲招呼都沒打。

「喂？」

「吳欣蓓，我喜歡妳！」

「什、你說什麼？」

「說我喜歡妳，從洋甘菊的季節就開始喜歡妳了。」

「我——」

「就這樣，晚安！」

葉承佑帥氣地掛掉電話，當然這時的我們根本沒意識到會導致多少人失眠，他得意洋洋地灌了一大口啤酒。

「換妳了。」

「怕你喔。」

我邊說邊翻找陳榆宣的號碼，依然是沒被記錄的未知來電，我卻能精準地從一長串投資理財廣告裡認出他的。

只響了兩聲電話就被接起了。

「怎麼了嗎？」

「你可以過來嗎？三十分鐘之內。」

「好。」他任何一個多餘的字都沒有，彷彿我再無理的要求他都不會質問。

「妳等我。」

又或者，只要是我需要他，他就會來。

我不知道，此刻的我腦袋完全無法正常運作，唯一能做的是和葉承佑盯著手機的馬錶，專注地看著快速跳動的數字。

「欸，妳覺得他真的會來嗎？」

「不知道。」我把手裡的空罐拋擲到不遠處的空罐堆裡，碰撞的瞬間發出清脆的聲響。「但總感覺，他來或是不來，會是一件很重要的事情。」

26分鐘41秒。

陳榆宣騎著腳踏車的身影從夜的深處闖進我的世界。

我跟葉承佑趴在圍牆往下看，在陳榆宣拿出手機準備打電話之前，我放聲喊了他的名字。

「陳榆宣。」

我大力地揮動雙手，「等我。」

帶著酒意，我和葉承佑偷偷摸摸地跑向一樓，一推開門，映入我視野的是少年站在燈下的模樣。

他就站在那裡。

彷彿那就是他的答案。

「你真的來了。」

「你們喝酒了？」

「因為你在三十分鐘之內到了，所以給你一個獎勵。」

他還來不及反應，我就抓住他的肩膀，踮起腳尖，在他的右臉頰輕輕印上一個吻。

葉承佑興奮地喧鬧著。

「另外一邊也要！」

我點了點頭，再度踮起腳，改在陳榆宣的左臉頰留下一個吻。

「額頭！換額頭！」

我準備照做，這次陳榆宣卻抬起手抵住我的額頭，他來回看了我跟葉承佑，表情似笑非笑。

「兩個都喝醉了嗎？」

「我才沒有醉！」

「喝幾罐啤酒而已，怎麼可能醉。」

陳榆宣嘆了一口氣。

他一句話都沒有多說，如同他一如既往的果斷強勢，一手拎著我，另一手抓著葉承佑，乾脆地拖著我們往家裡走。

「放開我。」

「你幹嘛抓我啦。」

「喝醉了就回去睡覺。」

我和葉承佑的掙扎在門口瞬間僵住，酒精麻痺不了人的求生本能，我們居然同時下意識地躲到陳榆宣背後，小心翼翼地望向站在門邊的表哥。

「他們就麻煩你了，我先回去了。」

「不行。」

「你不要走。」

我跟葉承佑默契地一人一邊抓住他的手，彷彿只要緊緊攀住他就能躲過表哥的制裁。

表哥溫柔地笑了。

非常令人毛骨悚然的那一種。

「先進屋再說吧。」

進屋之後呢？

我不知道。

記憶像被哪個人按下開關鍵，在某個瞬間便熄了燈，直到我再度睜開眼，房間已經是不需要開燈的白日了。

「……頭好痛。」

「好渴。」

我爬向床頭櫃，抓了保溫瓶灌了一大口溫水，邊喝邊納悶，我從來就沒有準備熱水的習慣。

「大概是表哥放的吧……」

不對，我揉著發脹的太陽穴，保溫瓶是我的，但床頭櫃不是我的，光憑那一堆少女漫畫就知道房間主人是誰。

儘管我回憶不出所有經過，卻非常自然地接受現狀，沒辦法，畢竟我跟葉承佑從小一起闖的禍多到數不清，就算最終躲不過被清算，但幾乎是本能地，在危急的時刻我們會死命抱團求生。

雖然結果往往是一起被打包修理。

「表哥一定會掐死我們……」

我掙扎著下床，喉嚨依舊乾渴得不行，我又轉身拿起保溫瓶，扭到一半的瓶蓋凍結在不上不下的點，我緊緊閉上眼睛，隔了幾秒再度把眼睛睜開，看見的畫面卻沒有一絲改變。

葉承佑以大字形的姿勢趴在木地板上，要是他身體四周畫上白色粉筆線，就能直接成為命案現場；距離他約莫三十公分遠，有個無論如何都不該屬於這個房間的少年，正靠坐在單人沙發上。

……兇手？

我嚇了一跳，不自覺往後退的身體撞倒了床頭櫃那一疊少女漫畫，葉承佑依然盡職地扮演屍體擬態，而兇手緩緩地睜開了眼。

深不見底的黑，卻又帶著些許迷濛的水霧。

「醒了？」

「說是夢你會相信嗎？」

「沒有人能掌握夢跟現實的判斷基準，妳說是夢，那就是夢。」少年站起身，扭動略顯僵硬的肩膀，有些什麼糟糕的畫面悄悄爬上我的記憶。「如果是夢，需要顧慮的事情就少了很多。」

屬於少年的清朗嗓音還沒完全落地，他便抬起那雙骨節分明的手，以極其曖昧的姿態滑過自己的臉頰。

我什麼都不記得！

「一大早就討論哲學問題對人體有害。」

「那就說點對身體有幫助的事情吧。」

例如什麼？

我飛快拿起枕頭扔向葉承佑，他不滿地哼了一聲，翻了個身繼續模擬屍體。

少年卻已經走到我的面前。

他伸手拿過我手中的保溫瓶，替我旋開轉到一半的瓶蓋。

「喝點熱水。」

我不想順著他的風向前行，但此刻的我卻沒有逆風的力氣，溫熱的白開水滋潤乾啞的喉嚨，明明是經歷過成千上萬次的吞嚥，在他的注視之下，卻氤氳著陌生又不容忽視的感受。

他忽然傾身向前，輕輕將我的瀏海撥齊，熱燙的呼吸撲打在我的鼻尖，揚起的風讓還沒完全嚥下的溫水變得滾燙了起來。

我不由自主地屏住呼吸。

少年揚起清淺卻強勢的笑容，說：

「該吃早餐了。」

早晨的風帶著一點沁涼，吹走沾附在我肌膚上的熱氣，卻帶不走屬於少年的氣息。

我盯著白色的布鞋，胡亂打的蝴蝶結遠遠不如他打的好看。

陽光披灑在我的身上，暖意緩緩滲入我的肌膚，稍微帶走酒精的後遺症，光線卻也穿透進朦朧的記憶之中，昨夜的荒誕畫面一幀幀快速地閃現。

例如我捧著他的臉，強行吻了他的雙頰。

例如我和葉承佑躲在他的身後和表哥對峙。

例如我和葉承佑把他視為阻擋表哥的盾牌，死命抓住他的手不讓他離開。

例如他把我抱上床，我卻攀著他的脖子問他為什麼沒問理由就趕到我的面前。

再例如——

「你是第一個及時趕到的人。」

我對著他笑，胸口卻忽然湧上一股難受的酸澀。「我知道自己身邊有很多人，有葉承佑、有阿姨姨丈、有表哥，還有桑桑……但是，好像他們跑得再急也還是會晚上一點點，我一直告訴自己，不要去在意那麼細微的時間差，因為他們趕來了啊……」

「可是你卻恰好到了，還不止一次，在超市外面、在墓園，還有上次在花店，雖然你有時候有點討厭，但我好像開始覺得，遇到難過的事情也沒關係，因為有人會在我掉下去之前先抓住我……

「你知道，有時候人會有點無理取鬧，明明什麼都沒有，卻想測試會不會有一個人能不顧一切地朝自己奔來……陳榆宣，謝謝你趕來了，所以，再給你一個獎勵——」

仰起頭，我的唇貼上他的，冰冰涼涼的，卻旋即變得過於滾燙。

「這是秘密，不要告訴別人。」

他溫柔地撫著我的頭，將我輕輕放到床上，替我蓋上被子。

「好，只有我們兩個人知道。」

記憶快速回籠簡直像一道道箭矢射得我不僅頭痛連心都痛，摀住嘴，來不及哀悼發生得太突然的初吻，我偷偷覷了身旁的少年一眼，拚命祈禱他將秘密扔進沒有盡頭的湖底。

然而，每一座湖都有終點，並且秘密往往都在沉沒之前被撈出湖面。

「不問我為什麼在妳家過夜嗎？」

「我覺得思考等一下該吃什麼更重要。」

陳榆宣加快步伐，往前跨了一大步，旋身擋在我的面前。

「王慕寧，逃避反而展示了一個人的在意。」

「昨天晚上我跟葉承佑喝醉了。」我刻意強調是兩個人的犯罪，並且暗示我丟失了記憶。「對不起，雖然我記不太清楚我們做了什麼，但造成你的困擾，我跟葉承佑會想辦法彌補你的。」

「彌補？」他似笑非笑地揚起嘴角，「我比較偏向以牙還牙。」

陳榆宣還沒說完，我警戒地往後退了一步，卻暴露了我的謊言。

但他沒有追究，似乎我記不記得昨夜發生什麼事，都不會動搖他的決定，他堅定而確實地朝我逼近，從光的那一側踩進了陰影的邊界。

「就算只是臉頰，但依然是我的初吻。」

「你——」

「王慕寧，不管妳是不是清醒，妳的任何一個舉動都會讓我產生動搖，喝醉也不能讓妳推卸責任。」

我忍不住抬頭望向他。

他沒有掀開我最後給他的那個吻，彷彿就這樣讓秘密安靜地下沉，我忽然想，或許是藏匿在那個吻底下的是我從未向誰吐露的感情，縱使他說過會用盡各種方法朝我走近，但我的秘密並不是他的武器。

有些什麼悄悄自我心尖蔓延開來。

陳榆宣彎下身，熱燙的唇在我額際留下難以退卻的熱度，短短一秒鐘的停留，世界卻彷彿跟著靜止，於是那一秒鐘便像沒有盡頭一樣往彼端延伸。

我不明白。

不過是一個人的碰觸，卻像動搖了整個世界。

他說：

「我其實是一個滿得寸進尺的人，只要妳稍微讓出一點空間，我一定會立刻往前踏進去。」

我的世界正劇烈動搖，另一個人的世界卻塌了大半。

吳欣蓓用力抓著我的手臂，所有的體貼溫柔都掉了一地，只剩下滿滿的惶恐和欲言又止。

「小寧，我……」

「沒關係，想說什麼妳慢慢醞釀就好，一個午休不夠的話，放學後我也有空。」

安撫地拍拍她的肩膀，我盡可能傳遞自己的關懷，畢竟，用膝蓋想也知道她隔了一天突然天崩地裂的理由是什麼。

百分之兩百是葉承佑的告白電話。

儘管我手上也握有門把，但表哥告誡過我們，每一道出口的門最好是由當事者親自拉開，縱使都是為了讓情緒不要失控，但由誰拉開門最終會產生決定性的差異。

當然，更重要的是，我不敢承認自己是告白的共犯。

「小寧，我……」吳欣蓓深深吸了一口氣，「昨天，葉承佑說他喜歡我。」

短短的一句話，卻耗盡了她的力氣，她忐忑地望著我，像是擔心下一秒鐘我就會甩開她的手。

我用力握住她的手，我不知道她經歷過什麼，一份喜歡居然會讓她成為驚弓之鳥，但無論誰對她的喜歡，都不是她的錯。

「我知道。」

「妳……妳會不會討厭我？」

「為什麼要討厭妳？再說，我一開始就知道他喜歡妳。」

她錯愕地瞪大雙眼。

「一開始？」

「嗯。」我坦率地點頭，和她成為朋友之後，沒將這件事說破一直像個梗卡在我的身上。「他拜託我替他製造機會，不過我沒有很積極。」

「那妳願意當我的朋友，是不是是……」

「不是。」我非常堅定地回答，「有很多女生為了接近葉承佑，會想辦法跟我打好關係，我不喜歡那種感覺，所以我不會這樣對妳……再說，現在的重點不是我，是葉承佑的告白。」

「我……我不知道。」吳欣蓓低下頭，手卻依然抓著我的衣袖。「他是一個很好的人，但在他說喜歡我之前，他對我來說一直都是妳的表弟。」

「這樣滿好的。」

「……滿好的？」

「表示他鼓起勇氣跨出的一步是有意義的，妳看，他現在不就撕掉了我表弟的標籤，成為獨立的葉承佑了。」

「可是我——」

「不管妳喜不喜歡他，也不管妳準備拒絕或者接受，妳都只要考慮自己就好。」我給了她一個笑，「雖然現在說這個不太恰當，但妳就把陳榆宣當榜樣就對了，不要給人曖昧的想像空間，也不要因為別人的想法壓抑自己。」

我拍拍她的臉頰，觸感比我想像的更加柔軟。

「我希望妳能聽從自己內心的聲音，不管是對於葉承佑還是……陳榆宣，反正我和妳一開始就站在最衝突的位置，妳也沒必要拚命避免衝突。」

「但是，兩個人之間想要的東西有了衝突，就一定有人受傷。」

「那我們就幫對方貼 OK 繃吧。」

「有些傷口是沒辦法癒合的……」

「我知道啊，雖然不是感情問題，但某些事我深切體會過，有些心結一輩子都解不開，有些傷口一輩子都好不了，只是，有時候看不出傷口更可怕吧，一大堆瘀血塞在身體裡，總會有某一天會擊潰我們的。」

我用力地吐了一口氣，「一直以來我拚命尋找對每個人最好的答案，很久之後我才終於明白，那其實只是我自以為的解法，所謂的人生，不是十七歲的高中生能夠想得透徹的，我表哥告訴我，長大的過程一定會受傷，所以要更珍惜那些陪我受傷的人，珍惜那些替我療傷的人……」

午休結束的鈴聲響起，我站起身，望向曾經落下五月雪的頂樓。

我沒有看向她。

「吳欣蓓，在陳榆宣說喜歡我的時候，妳就已經受傷了不是嗎？」

「我——」

「所以妳現在應該想的是讓自己痊癒，不是一邊流血一邊擔心別人會痛，不管是我，或者葉承佑，甚至陳榆宣，優先順位都應該排在妳自己之後。」

沒想到，我再度將視線移拉回，卻看見她漂亮的眼眸瀰漫起水霧，一個眨眼便蜿蜒成河。

「妳、妳哭什麼？」

「小寧，我、我、我……」

吳欣蓓胡亂抹去眼淚，「我」了半天依舊沒有構成一句完整的語言。

正當我以為她放棄擠出聲音之際，她卻拋擲出一枚煙花。

啪地炸開。

「我真的好喜歡妳。」

這麼突然可以嗎？

愣在原地的我，前方是淚眼矇矓的美少女，而美少女的身後，是錯愕的葉承佑和眉心緊鎖的陳榆宣。

果然，一定有什麼奇怪的東西早就混進來了。

表哥說得沒錯，這世間沒有什麼事是不會發生的。

例如KTV的包廂中，前一晚才向少女A告白的少年B正興致勃勃地拉著不久前拒絕少女A的少年C一起點歌，少年C一邊翻著歌本一邊傳訊息給他當眾說喜歡的少女D，同時，假裝沒看到訊息的少女D正接過少女A倒的果汁，還偷伸手捏了少女A柔軟的臉頰。

啊、補充說明，六個小時前，少女A還大喊她喜歡少女D。

視線掃過整個包廂，在場四個人的關係完全無法用簡練的描述說明，不僅撲朔迷離還亂七八糟。

葉承佑拉著陳榆宣上台唱起蘇打綠的歌，我癱靠在沙發上，KTV特有的燈光和氣味，以及籠罩一切的音樂聲，讓整個空間與現實生活產生了細微的偏離。

我側過頭，瞥向右手邊認真輸入歌碼的吳欣蓓，誰也想不到，提議來KTV的人是她。

「小寧，妳能給我一個 OK 繃嗎？」

「如果我口袋裡有的話。」

「妳能陪我去唱歌嗎？有說不出口的話時，我就會偷偷躲在浴室唱歌，因為那樣，不管是什麼情緒都只是歌詞而已……但是我，其實真的很希望，我唱的那些歌，有人能聽見……」

我還來不及回答，葉承佑就衝上前搶走我口袋裡的 OK 繃。

「去！我們一起去唱歌！」

說得好像人家有約你一樣。

然而他們連吐槽的縫隙都沒留給我，一轉眼就敲好時間地點，連一臉不感興趣的陳榆宣都主動說自己有空。

最後我只能死命捍衛最後一道防線，誰把麥克風塞給我，我就跟誰絕交。

「又是蘇打綠……」

台上的男孩結束第一首歌，接著響起了又是蘇打綠的旋律，我忍住翻白眼的衝動，有葉承佑在的包廂，或早或晚都會變成蘇打綠專場；我沒料到，麥克風遞到了吳欣蓓的手裡。

她和葉承佑的各種偏好意外地相似。

吳欣蓓緊緊握著麥克風，柔軟的嗓音小聲唱起〈這天〉，隨著旋律和歌詞，她漸漸閉上眼，像要傾洩內心滿溢的情感一樣，音量慢慢變大，最後用盡力氣唱出自己。

短短的幾分鐘，我們卻像看完了一場漫長的電影，她的掙扎她的疼痛以及她的勇敢通通落在在場每一個人的心上。

她緊握著麥克風，深深呼吸，奮力衝破束縛住她的膜。

「陳榆宣，謝謝你在我最難堪的時候幫了我，從此之後你成了我偷偷藏在心裡的光，陪我度過那些難過的日子。陳榆宣，我喜歡你，真的很喜歡你……謝謝你乾脆地拒絕我，我不後悔喜歡你，但我要開始不喜歡你了。

「小寧，對不起，我對妳說了謊，想跟妳當朋友是真心的，但裡面藏了我的秘密，有的時候我會忍不住想著，要是站在妳身邊的話，陳榆宣就會看向我了吧……但妳相信我，那只是最最最一開始，在我心裡妳是我最喜歡也最重要的朋友，謝謝妳不只給了我好多十分鐘，又給了我面紙，還給我OK繃，給了我好多好多，我希望能一直一直當妳的朋友……」

吳欣蓓抹去眼淚，揚起比電影女主角更閃耀的笑容，她露出像跑完全馬一樣的表情，疲憊虛脫卻滿足，她放下麥克風準備謝幕；但葉承佑卻打開麥克風開關，強行給了眾人一個轉折。

「我也在這裡啊，至少喊喊我的名字說一兩句話吧。」

所有人都愣了一瞬，忍不住笑了出來。

「我、我不知道該跟你說什麼……」

「那我說。」

「不、不要，下一首歌還是我的，你不要說話！」

「明明是我點的歌。」

兩個蘇打綠愛好者搶起歌來，我端起果汁，決定要廢度過整個晚上。

另一個設法降低存在感的少年將位置換到我的左邊。

「除了妳，每個人都很直率。」

「跟我不唱歌一樣，我本來就是被硬拉過來的。」

「但是妳現在不想走了吧。」

陳榆宣似笑非笑地盯著我看，他的話總像是藏有隱喻，像一根羽毛輕飄飄地落在人的心上，卻不時搔動最敏感的神經。

他忽然拿出手機，按下了快門。

「做什麼？」

「我們的第一張合照，妳看，妳沒有躲開鏡頭，也沒有讓我刪除。」他把照片分享給我，「就像妳對待我的喜歡一樣。」

陳榆宣和我的合照靜靜躺在我的資料夾裡，我還沒釐清自己越來越紊亂的心思，卻有另一張照片在校園裡漫天飛舞。

「小寧，妳知道嗎？校花居然跟小混混交往耶！」

「什麼？」

「就昨天啊，有人去唱歌看到的，校花跟一群混混玩得很開心，平常跟男生保持距離都是裝的。」桑桑翻出在各群組瘋傳的照片，「妳看，證據。」

證據？

我忍不住握緊拳，差點就把桑桑的手機摔到地上。

所謂的證據不過是一張在 KTV 走廊的偷拍照，吳欣蓓和傳說中的小混混只是錯身而過，我記得這個場景，吳欣蓓笑得很燦爛，是因為我答應讓她陪我複習物理。

「那是謠言。」我認真看著桑桑，「這張照片裡我也在，那群男的只是路過的陌生人。」

「真的假的……」

人總是傾向於自己想看見的事實。

吳欣蓓平時的一舉一動太過完美了，但她不像陳雯是遙不可及的人物，像是用力奔跑幾步就能追上的人，卻又怎麼也追不上，於是某些什麼便悄悄在心裡萌芽，用嚴苛的視線緊盯著她，每分每秒都在等待她露出瑕疵的一瞬。

看吧、她的完美果然是假的吧。

但現在沒空浪費力氣闢謠，我飛快地撥打吳欣蓓的電話，另一端回應我的卻是制式的錄音。

我站起身，邊傳訊息給葉承佑和陳榆宣，一邊準備找人。

桑桑拉住我。

「要上課了耶，妳要去哪？」

「廁所。」我敷衍地摀住肚子，「我肚子超痛。」

說完，我頭也不回地跑出教室，開始搜索各個她可能躲藏的地方；但我終究和她認識得太短又太淺，找了好幾個地方都撲空。

頂樓、體育館、美術館角落，連每一間廁所都跑遍了，依然沒有她的身影，我拚命轉著腦袋想著她到底會去哪裡？

忽然我抬起頭，頂樓欄杆上還綁著緞帶，但頂樓找過了，我的視線掃過一圈，最後落在一處能清楚看見緞帶飄揚的教室。

「校史室……」

轉了個方向，我立刻跑向校史室，費力地爬上四樓階梯，克制著喘息聲，小心地推開安靜的校史室大門。

我巡視每一個可能藏人的角落，終於，腳步在走廊的盡頭停下。

吳欣蓓正抱著膝蜷縮在牆角，事情發生得太突然又爆發得太過猛烈，剛學會求救的她又忘了伸手，習慣性地躲進自己的殼，獨自承受著痛苦；我在她身旁坐下，沒有貿然碰觸她，把聲音放得很輕很緩。

「妳沒接電話，所以我來找妳了。」

「不抬頭也沒關係，反正我不會走，啊、放歌給妳聽吧，不是蘇打綠，是我喜歡的歌。」

我操作手機播放〈If I Needed Someone〉，音樂逸散在安靜的校史室，她緩緩抬起頭，臉色蒼白卻沒有眼淚。

當面對的一切超出自己的負荷，一個人連哭泣都辦不到。

我握住她的手。

「事情很糟糕，但是大家都在想辦法。」我加深力道，幾乎在她白皙的手上留下紅印。「吳欣蓓，妳不是一個人。」

「小寧……我好怕……」

「這裡只有妳和我，害怕或者發抖都沒有關係，我會把風的。」

「事情為什麼又變成這樣？我明明已經那麼努力了……有了你們之後，我以為一切都不一樣了……但是為什麼……」

她斷斷續續說著，升上高中之前過著日復一日被霸凌欺負的日子，無論怎麼改變怎麼努力都沒有用，彷彿她的存在本身就是不應該的，某個男孩對她的喜歡只是一個引信，真正引爆一切的，她不斷說著，是她自己吧，一定是她有哪裡出了問題。

於是她拚命考進跟過去離得極為遙遠的高中，小心翼翼地檢視自己，每一個動作，每一句言語，跟所有異性保持距離，也沒辦法跟看似親暱的女同學交心，因為她最痛的傷痕就是信任的閨密親手劃下的。

「到底為什麼會這樣……」

「我知道說這些很空泛，也改變不了現狀，但是，在我眼裡的妳一直閃閃發亮的，差一點讓我強行扭轉性向了……那些人啊，懷抱著一些黑暗，在乾淨清澈的妳的面前，他們更覺得自己醜陋，可是大多數的人沒辦法承認自己醜吧，所以只好讓妳沾上黑暗，好讓他們看起來不那麼糟……」

我捧著她的臉，認真地凝望她。

「妳遭受的一切，不是因為妳不好，而是因為妳太好了。」

「不是這樣……」

「妳知道這像什麼嗎？妳就像逛網拍的時候看見的模特兒，剪裁糟糕的衣服在妳身上一樣好看，明明是相同的衣服，但那些人實際穿上之後難看得要命，他們第一時間會控訴賣家詐欺，而不是接受自己撐不起衣服的現實。」

「真的嗎？」

「妳不照鏡子的嗎？」

「我——」她的淚水終於找到了出口，吳欣蓓撲到我身上，像個孩子一樣嚎啕大哭。「我剛剛真的好怕，我這樣躲起來是不是很膽小……可是我不知道回到教室之後會發生什麼事……如果又回到以前的生活怎麼辦……」

誰碰上不怕呢？

輕易要她勇敢的人，一定連想像相同處境的能力都沒有吧。

「我覺得妳滿厲害的，可以找到校史室這種隱藏地點，而且，雖然我也不知道其他人會給出什麼反應，但妳絕對不會回到以前的生活，畢竟妳有了一起去看五月雪的小夥伴。」

吱——

忽然，一聲尖銳的高音從廣播傳來。

明明是上課時間，卻不合時宜地傳來測試麥克風的拍打聲。

「喂喂喂——麥克風測試、麥克風測試——」

啊、是葉承佑的聲音。

「我是二年七班的葉承佑，我有一件事想宣布。」

他要宣布什麼？

當眾替吳欣蓓澄清謠言？

短暫的停頓之後，他用著方才的兩倍音量讓他的話語傳遞到校園的每一個角落。

他說：

「三班的吳欣蓓是我的女朋友，請大家不要隨便把她跟別人配對。再重複一次，三班的吳欣蓓是我的女朋友，請大家——」

「你們在做什麼？還不把廣播關掉！」

「吳欣蓓我喜歡妳——」

「你們哪一班的！別跑！」

一陣難以言喻的碰撞聲迴盪在校史室裡，如同聲音落下，結束也十分突兀，吳欣蓓錯愕地瞪大雙眼，連哭都忘記了。

「剛剛……」

「嗯……可能是幻聽？」

「不、不是，剛剛，剛剛葉承佑說我是、我是他——」

「冷靜！妳冷靜一點！」我抓住她的肩膀，很快地我就鎮定下來，畢竟我一直都是替葉承佑收拾爛攤子的專業戶。「妳不用擔心，假交往之後假分手就好，妳聽我說，跟那些人傳妳跟校外人士交往的謠言一樣，他們根本不在乎真相是什麼，就算花上一個月去解釋，不相信的人依然不相信；這時候，更有效的是砸下另一個更大的炸彈，砰的一聲，把所有人都炸昏，主導權就被我們搶回來了。」

我用盡全力扯開真誠的笑容。

「往好處想，葉承佑好歹也算是個校草，成績好，又被稱為排球王子，妳跟他暫時湊對也勉強能接受吧。」

「這是你們為了幫我想到的辦法嗎？」

我眨了眨眼，終究還是搖了搖頭。

「我第一時間只想著要找到妳，傳訊息讓葉承佑跟陳榆宣想辦法帶風向，沒想到，他們搧出一個颱風來……」

大概，言小跟少女漫看多了還是有效果的。

19

惡意的謠言像驟起的暴風，卻不敵葉承佑捲起的龍捲風，他戲劇性的交往宣言居然成了另一場五月雪，很長一段時間被當作男生告白或官宣的標準。

事件的男女主角被迫扮演剛陷入愛情的情侶。

雖然，葉承佑從任何角度看來都很積極投入，吳欣蓓依然洗腦自己他是迫於無奈，殊不知一步步落入陷阱。

有了「男朋友」標籤，他做什麼都顯得光明正大，連越界的跨步也能擺出理所當然的表情。

「……但也可能不是不知道。」

「妳說什麼？」

「沒有，說妳跟葉承佑演技越來越好了。」

「……是嘛，聽起來哪裡怪怪的。」

「妳想太多了。」我指向右前方，剛練完球的葉承佑正走出體育館。「妳今天的任務是當眾送水給他，快去吧，我在這裡等妳。」

「嗯。」

她靦腆地點頭，臉上泛起可疑的紅暈，腳步卻沒有一絲遲疑，完全不像我認識的膽小斑比。

「愛情的展開總是莫名其妙。」

「我倒覺得很自然。」陳榆宣不知道什麼時候走到我身邊，「因為葉承佑奮力伸出手了。」

「我以為你會說，無論路繞得多遠，該走在一起的兩個人終究會抵達彼此。」我哼哼兩聲，想起葉承佑這段時間認真鑽研的詩集。「用廣播『公開關係』的方法是你提供的吧，把我淳樸笨拙的表弟還來。」

「我只是給了他建議，要不要接受，又要不要執行，決定權都在於他，況且無論是誰，一旦有了喜歡之後，都會改變的。」他愉快地笑了，眼神卻透著堅定。「還有，我會反駁妳剛剛那段話，我不覺得有誰是該走在一起的，能牽起手的人，在那之前必須先伸出手。」

他朝我伸出手。

「我在去看五月雪那天說過，找一天我們單獨約會吧。」

我的視線落在他的掌心，又不由自主抬起頭望向不遠處正湊著頭談笑的兩個人，我對著陳榆宣聳了聳肩。

「就算你的句子裡沒有問號，也不會成為定局。」

我決定不等吳欣蓓了，也沒理會他，逕直轉身準備離開，卻在邁開步伐之前對他說：

「不過，我星期天有空。」

說完，沒等他回應我就大步往前走。

是這樣吧，每個人都在往前，縱使無法預料前方等著我們的是如何的風景，但沒走到那裡永遠都看不見。

「星期天。」

我抬頭望向蔚藍的天空，「希望是好天氣。」

湛藍的天空沒有一絲烏雲。

站在熾烈的陽光底下，少年用他的身影給了我一片陰影，漫溢的喧鬧笑聲讓我越發覺得自己格格不入。

我盯著遊樂園的巨大招牌，有點後悔不問目的地就跟著陳榆宣來了。

「葉承佑提供的地點，對吧？」

「他說妳喜歡。」

「越熟悉的人往往越容易誤解對方。」

「但至少，他給了我一個切入口來了解妳。」他牽起我的手，極其自然地。

「現在我知道妳不喜歡遊樂園了。」

「也不是不喜歡，比較像不擅長。」

「出來玩不需要擅長什麼，當作在公園散步聽幾聲別人的尖叫也是一種玩法。」

我噗哧笑了出來。

陳榆宣總是會拿出預料之外的解方，既不是轉身離開更換地點，也不是鼓勵我嘗試，大概，他想傳達給我的，目的地雖然重要但更關鍵的是陪伴在身邊的人是誰。

「你不好奇為什麼葉承佑會以為我喜歡來遊樂園嗎？」

「好奇，關於妳的一切我都好奇。」

或許是周旁的氛圍太過輕快歡樂，我的目光滑過被他牽著的手，並沒有掙脫的意思。

「有一次，我跟葉承佑來這裡，一口氣坐了八次雲霄飛車，最後兩個人蹲在路邊吐了。」

所以那一天，即使我表現出難受也沒有人會追問理由。

日子久了，也就沒人會記得那一張被取消的巴黎單程機票。

「因為只喝了幾口水，胃裡沒有什麼好吐的，所以就拚命乾嘔，可是好像，有些什麼被強行從體內掏出來了，從那之後，好像終於打開了我情緒的開關，喜歡的時候就說喜歡，討厭的時候也不特別逼著自己忍耐；雖然是這麼說，但過程有點漫長，以前的我連對我媽說不想穿蕾絲洋裝都沒辦法。」

「王慕寧。」

「嗯？」

「我們去坐旋轉木馬吧。」

「什麼？」

陳榆宣沒頭沒尾地拉著我排隊，混在一群小朋友裡搭上了旋轉木馬，我尷尬地將額頭抵在扶桿上，分不清雲霄飛車比較可怕還是旋轉木馬更挑戰心臟。

旁邊的少年倒是十分坦然。

「我只來過一次遊樂園，因為年紀小很多設施都沒辦法坐，所以我媽就帶著我搭了旋轉木馬。」他輕輕地笑了，我卻感覺不到任何笑意。「有很長一段時間，我感覺自己像被困在那天的旋轉木馬裡，不斷地旋轉，卻一直在原地出不去。」

他斂下眼，鮮豔歡快的背景裡我卻只看見他的側臉。

「一直到我聽到我媽過世的消息，那座旋轉木馬突然像失去電力一樣再也不動了，回頭一看，以為只是在原地打轉的一切，其實景色早就完全不同了。」他說。

「然後，在那片陌生的景色當中，我看見了妳。」

旋轉木馬的速度漸漸減慢，陳榆宣拉著我跳下絢麗的帳篷，一向溫熱的掌心有些冰涼。

他從背包裡拿出一個小小的原色木盒，擺進我的掌心裡。

「這什麼？」

「打開看看。」

打開木盒，裡面是一條精緻可愛的手鍊，但對於我來說太過稚嫩甜美了一點。

我直覺認為手鍊不是陳榆宣送我的。

「為什麼給我這個？」

「我從我媽的遺物找到的，是她替妳準備的生日禮物，應該是給十歲的妳的。」

……十歲的我？

我有限的人生旅程裡，經歷過的生死離別其實也只有一個人。

「毛帽阿姨是你媽媽？」

「嗯。」他點頭，「不過她在我七歲那年就離開家了。」

陳榆宣從木盒裡拿起手鍊幫我戴上，忽然我從他指尖的顫動感受到了一絲脆弱，他之所以比誰都要強韌並且堅定，是不是因為在那堵堅實的牆後，躲著一個受傷的小男孩？

毛帽阿姨很少提起自己的家人，有幾次彷彿透過我來思念另一個人，屈指可數的幾次，她用著非常想念卻又愧疚的語氣，說著自己在遠方的兒子。

我問過毛帽阿姨，她生了這麼重的病，為什麼她的兒子不來照顧她呢？

毛帽阿姨沒有回答我，沉默地、反覆地摸著我的腦袋，然而她的顫抖卻清晰地傳遞而來，那時候的我不懂，卻直覺地明白了，自己似乎不應該追問關於她兒子的一切。

所以我沒再問過。

不能相見的人總有不能相見的理由。

那時的我，以及現在的我，無論如何都預想不到，那個不能被提起的男孩，會一步步闖進我的生活，如同當時我闖進毛帽阿姨的病房一樣。

「我不太確定在什麼時間點把手鍊交給妳是最好的，但我想不能是在妳的生日，生日是一個人告別過去一年並且許願未來的時刻，不應該是回憶久遠過去的場合，考慮了很久，我才察覺到，其實不是找不到適當的時機，而是我還沒做好向妳提起過去的準備。」

我抓住他準備抽離的手。

詫異的表情滑過他的臉龐，我鬆了鬆手卻又抿著唇再度將他的手握緊。

他承接住那麼多次墜落的我，至少現在，我希望能拉住他。

「謝謝你把手鍊交給我，其他的，你不需要跟我說明什麼。」抬起頭我望向他，逆著光，他彷彿陷在光影的縫隙之中。「但如果你有想說的，我會當作秘密。剛剛不是說我跟葉承佑坐了八次雲霄飛車嗎，雖然不是很聰明的方法，但好處是你表現出多難受的樣子都不需要向誰解釋。」

「妳知不知道，當兩人交換越多的秘密，就會在對方的生命之中留下越多解不開的線。」

那一瞬間我清楚地意識到，陳榆宣終究替我留了能夠後退的餘地。

但或許，終究我還是明白了，有些時候我們並不是不想保留轉身的餘地，而是比起那些，更重要的是往前拉住眼前的那個人。

「反正，你也已經替我綁了那麼多條緞帶了。」

我和陳榆宣坐在能清楚看見雲霄飛車失速俯衝的位置，一邊聽著此起彼落的尖叫聲，一邊咬著充滿色素的藍色棉花糖。

尖叫聲聽久了，莫名有種療癒感。

在我們兩個人之間，陳榆宣一向是主導話題的那個人，此刻的他微微仰起頭，有些失神地盯著不斷衝進視線卻又飛速遠離的雲霄飛車，他的側臉還帶有少年稚嫩的溫潤，抿起的唇卻又顯得太過深沉。

「所以，你一開始接近我就是懷有目的的？」

他花了幾秒鐘才將注意力拉回我的臉上，稍稍搖頭，又點了點頭。

完全無法理解他的心路歷程。

「撞見妳被人纏上的時候只是想去幫個忙，但妳一抬頭，我其實有點驚訝，因為妳跟照片裡的人長得太像了，我想只是巧合吧，畢竟隔了七年長相再怎麼樣都會變的，直到葉承佑出現喊了妳的名字，王慕寧，這個名字，這些年來不斷出現在我腦海裡，因為是那個陪著我媽走完最後一段路的人。」

他低下頭，端詳著自己的掌心。

「妳會生氣吧，我的每一步都帶著目的，我一直很想知道，那段時間她是怎麼度過的，很想知道妳是什麼樣的人，大概是羨慕，也可能是嫉妒，但隨著時間流逝，我對她的恨和不諒解好像變得模糊了，最後我才知道，原來，我對妳是感謝的，至少她不是孤孤單單的告別這個世界。」

「所以你說的一見鍾情是假的。」

「算是真的吧。」

「什麼叫算是真的？」

「畢竟從我十一歲那年從我媽遺物裡找到妳們的合照之後，這七年來，被我放在心裡的女孩子就只有妳一個。」

「這種話你也說得出來。」

「我很羨慕十歲的妳，妳也羨慕自己嗎？」

我有一瞬間的呆愣，反應過來之後我不由自主地笑了出來。

即使是坦露對他而言太過厚重的回憶，他依然選擇獨自扛起大部分的重量，遞到我手上的，彷彿只是一片輕飄飄的棉絮，他始終帶著淺笑，用著雲淡風輕的口吻，那些疼痛像來自遙遠他方的風，而不是近在咫尺的他。

「不然你還是先坐個三次雲霄飛車好了。」

他輕輕笑了出來，低緩的震動幾乎要被四周的喧鬧聲掩過。

「她提過我嗎？」

「嗯，不過很少，她幾乎不提自己的事情，只是有時候，我會模糊的感覺到她像透過我在看另一個人。」

「是嘛。」他停頓了很久，有些失神，又像是在找尋言語的組成。「整理遺物的時候，我找到一本日記，大多數的篇幅都有我，每個字都被塞滿了想念，我很仔細地讀了好幾次，但我一直沒辦法定義自己的心情，即使我像是一個被她小心翼翼擺在心上的人，可是被她拋下才是我承接的真實。」

陳榆宣用不同平時的低啞嗓音緩緩傾訴。

他的媽媽，也就是毛帽阿姨，一直是個非常溫柔保守的人，像雲霄飛車這類存在絕對不會成為她的選項，她從小到大的選擇都遵循父母的想法，和陳榆宣的爸爸也是透過長輩介紹認識的，他爸是個負責任的人，用世俗的眼光來評價誰也不會說他做得不好，生活平淡幸福，也沒什麼值得埋怨的地方，他甚至沒聽過自己爸媽爭執，後來他才明白，裂縫正是自從未有過的爭執作為起點。

毛帽阿姨突如其來地離開了，冰箱裡還有她備好的晚餐食材，一開始他急得不行，深怕媽媽外出遭遇什麼意外，沒想到爸爸奔波一天返家後只給了他一句「你媽不會回來了」；沒有解釋也沒有安慰，就這樣讓他承接失去媽媽的現實。

後來總有些風言風語，他慢慢拼湊出一個故事的輪廓，毛帽阿姨和附近理髮廳的男人私奔了。

他見過那個男人，穿著新潮的衣服，頻繁變換的髮色和髮型，臉上總是掛著引人注目的燦爛笑容，和人的距離總是過於靠近，他一直都不喜歡那個男人，但他的媽媽就是為了一個他不喜歡的男人拋下了他。

從那之後，毛帽阿姨成為家裡不能提及的話題，才過了兩年他爸就再婚了，一切好像就那樣過去了，繼母很溫柔，卻填補不了他內心對於母親的空缺，他仍舊偷偷打聽毛帽阿姨的消息，沒想到，他爸再次提起毛帽阿姨，帶來的卻是她的死訊和一箱遺物。

透過毛帽阿姨的日記和一封封寫給他卻不敢寄出的信，他窺見了媽媽不為人知的面貌，原來，毛帽阿姨一直很不快樂，她從來沒有替自己的人生做過選擇，她想念藝術，志願卻被父母填了師範，她想出國看看，護照卻被父母收走，在她還沒考慮過婚姻的時候，父母就替她安排了相親；然而她的人生確實富足又平順，她不需要跌跌撞撞便獲得了眾人眼中的幸福。

她應該是幸福的。

那些年她反覆說服自己，擁有幸福的自己不應該有其他奢求，但她卻越來越不快樂，在最低潮的時候她遇到了那個男人，一個絕對不會在父母規劃中出現的男人，忽然，長久壓抑的感情再也抑制不住，縱使是危險不安的前方，她也想逃離困住她的平靜安穩。

只是，毛帽阿姨很快就付出了代價，她發現自己罹癌，而男人得知後就跑了，這其實也沒什麼，至少她為自己活了一次，她從來沒有後悔過，唯有被她拋下的陳榆宣，是她一輩子也彌補不了的。

「說真的，我根本沒辦法理解，她也沒有多愛那個男人，就算是想逃離生活，也可以用更負責任一點的方法吧……後來我叔叔，就是我打工的花店老闆，他告訴我，有些人，追逐的就是曇花綻放的那一瞬間，並不是貪戀稍縱即逝的歡愉，而是他們偶然得到了那朵花，他們懷裡也只有那朵花，如果連花短暫的盛開都抓不住，他們的人生說不定永遠無法擁有另一朵花開了。」

我忽然想起他曾經說過的話。

——花能盛開的時間很短暫，人卻又總是在追尋盛開的花，他們不在乎幼苗，不在乎枝葉，就只要那朵花，我想知道這種虛幻的擁有有什麼意義。

「陳榆宣。」

「嗯？」

「我們勉強算是同病相憐吧。」我輕扯嘴角，手裡轉著發潮的棉花糖。「我爸媽為了追尋自己的理想，一點猶豫也沒有就把我留在台灣，明明還有把我帶在身邊的選項，但他們好像都沒看到……雖然親身體會到這一點，可是我啊，這幾年還是會偷偷期待他們會為了我回來，或者問我要不要到他們身邊，明明已經說服自己放下百分之九十九的想望，剩下的百分之一卻像一顆種子，只要他們稍微回頭就會萌芽。」

低下頭，我快速抹去瀰漫的水霧。

「我一直覺得這樣的自己很丟臉，所以這種心情根本沒辦法說出口，但是現在我知道了，這沒什麼好丟臉的。」顧不得止不住的水氣，我抬起頭認真看向他。「對自己渴望的一切懷抱期待，沒什麼好丟臉的。」

毛帽阿姨所做的事以及他們母子的關係，身為局外人的我沒有立場評論，那對我而言也不是最重要的事，這當下，我需要在意的就只是坐在我身旁的少年。

我堅定地對他說：

「在冷的時候想擁有一個溫暖的擁抱是一件很自然的事。」

「是嘛。」

「這世界上有很多解不開的結，我們也找不到一把足夠堅硬的剪刀，大多時候就只能揹著那些死結一路走下去，偶爾還會被絆倒，說不定還會演變成沒辦法自己站起來的狀況，可是，我相信，我們都會找到一個能伸手拉住自己的人。」

所以，受傷的時候沒辦法獨自站起來也沒關係。

沒有必要自己一個人承受一切。

「王慕寧。」

「嗯？」

熾烈的陽光覆蓋整座遊樂園，蒸騰的熱氣讓周旁的景色顯得有些模糊，喧鬧聲依然震耳欲聾，在他幽黑的凝望之下，所有的喧囂彷彿隔得那樣遠。

他的唇畔泛開一抹引人心疼的笑。

「我好像有一點冷。」

我傾身向前，溫柔地環抱住他，屬於他的氣味混著棉花糖的香甜縈繞在我的鼻尖。

他彎身將頭靠上我的頸窩，時光在此起彼落的尖叫聲底下安靜地流淌，而屬於陳榆宣的河流，也緩緩滑過我的身體。

20□

我的桌上擺著一朵開得正盛的紅色玫瑰。

沒有修飾，沒有隱喻，也沒有遮掩，彷彿成為焦點就是它的意圖，在單調無聊的教室正中央，一抹豔麗的紅霸道地佔據了所有人的關注。

不巧，我總是特別晚進教室的那種人。

就算毫不猶豫地湮滅證據也於事無補，我也不忍心破壞玫瑰的美好，索性找了一個玻璃杯，大大方方地將花擺在窗邊。

「大家不用問我，反正我的回答只會是葉承佑在捉弄我。」

「那我去問葉承佑。」

「他一定會否認。」我戳了戳桑桑的腦袋，「妳永遠都搞不清楚他說的是真話，還是為了整我才說謊。」

「妳有這種腦袋為什麼物理跟數學會不及格？」

「轉過去，我不想跟妳講話。」

桑桑充耳不聞，明目張膽地跟幾個同學眉來眼去，巴著我堅決要從我口中得到更多的資訊。

或者說，他們設法得到他們想要的答案。

只是不管真相如何，那一朵盛開的玫瑰都與他人無關，沾附在我座位的花香也不需要跟任何人分享。

至少我是這麼想的。

然而，將花擺在我桌上的少年似乎不這麼認為。

從那天起，每一天都有一朵盛開的玫瑰安靜卻張揚地躺在我的桌上，像種宣示，彷彿要昭告天下「這裡有一份喜歡擺在王慕寧的面前」。

「好浪漫喔。」

「放花的人一定很喜歡妳。」

「超羨慕的，要是有人這樣對我，我一定會立刻答應。」

漸漸地，我成為話題的中心，甚至有人特地早起就為了揪出是誰在我桌上擺了玫瑰，但少年在這方面格外擅長，每天送花的人都不同，當背後藏匿的人越神秘，眾人關注的熱度就越高。

平凡的我成為了人人口中的「她就是那個王慕寧」，而始作俑者卻避而不見。

「不行，再這樣下去太可怕了。」

「直接解決引起問題的人是最快的辦法。」

我剛走到家門口，抬起的右腳還沒踏進大門，果斷地轉了方向，快步朝陳榆宣打工的花店走去。

沒想到，我一推開門就迎上少年等候已久的笑容。

「妳終於來了。」

「所以你在我桌上放玫瑰花只是為了逼我來花店？」

「正確來說，是加快妳面對我的喜歡的速度。」他動作輕緩仔細地整理著花桶裡的花，「本來我想著，慢慢來就好，只要我確實地走向妳就好，但是——」

「說話不要突然停住。」

少年愉快地笑了。

「誰叫妳給了我溫暖。」

「什麼意思？」

「我說了，我是個得寸進尺的人，妳給了我一點溫度，我就想要得到很多。」

我不是沒有料想到。

畢竟是我對他張開了手，我想著，既然種子已經萌芽破土，慢慢澆灌等待花開也是好的吧，但他卻總是走在預想的軌道之外。

「再怎麼樣也沒必要這麼高調吧。」我忍不住咬牙，「每天一朵玫瑰，神秘的男孩，這兩點加起來簡直要引爆整間學校了好嗎？」

「葉承佑都那麼大張旗鼓地告白了，我覺得妳應該得到一份更好的浪漫。」他刻意做出納悶的表情，「妳不喜歡嗎？」

「當然不喜歡。」

「那妳喜歡我嗎？」

「我——」

陷阱。

眼前這個捧著白色玫瑰花的少年太危險了。

我下意識往後退了一步，卻躲不開他灼燙的注視。

「妳不喜歡的話我明天就不送了。」

「嗯……那我該回去了。」

「妳都給了吳欣蓓那麼多十分鐘了，也給我一個十分鐘可以嗎？」

要是說不行感覺會下地獄。

我放棄掙扎卻也不想順了他的意回答。

「在我心裡還有一朵因為妳而盛開的花，那才是我真正想送給妳的，可惜沒辦法拿出具體的存在，只能想辦法用其他方式傳達。」

僵硬地愣在原地，我不可置信地盯著緩步朝我走來的少年。

「你怎麼可以面不改色地說出這種話？」

「花店小卡寫多了，我對真心話跟甜言蜜語的界線有點模糊，價值觀可能也有點偏差了。」陳榆宣勾了勾唇，澄淨的少年感裡透著一種幽深。「但有一點我是肯定的，這些話只會對妳說，而我心裡盛開的花，也只屬於妳。」

我承受不了。

真的。

深吸一口氣我乾脆地轉身準備往回走，手腕卻被他拉住。

恰巧、是初次見面他替我綁上緞帶的位置。

「不鬧妳了。」

「我表哥說，讓人分不出真假的男人要敬而遠之。」

「那妳表哥有沒有告訴妳，一旦有了喜歡，不管對方是真的還是假的都想要。」

陳榆宣從口袋拿出一條緞帶，鮮豔的藍色映照在鵝黃色燈光下，深深暈染進我的心底。

矢車菊藍。

「妳還記得矢車菊的花語嗎？」

——遇見。

他溫柔地將緞帶纏上我的手腕，熟練地打上一個漂亮的蝴蝶結。

「我們走到這裡之前都繞了很長的路，但遇見妳之後，我想，這一切都是有意義的。」

他黑亮的眼眸將我緊緊攫住，在那之間我清楚看見自己的倒映。

「妳說，我們都會找到一個能伸手拉住自己的人，王慕寧，我希望那個人是妳。」

但明明先拉住我的人是他啊。

垂下眼我猛然扯掉手腕上的蝴蝶結，他的神情有些愕然，有些困惑，又有些不安，我輕輕笑了，用緞帶在他手上綁了一個蝴蝶結。

「你總是替別人綁各式各樣漂亮的蝴蝶結，但我覺得你也應該擁有好看的蝴蝶結，雖然我不擅長，多綁幾次應該會進步吧。」

「我覺得這樣已經夠好了。」

「你的要求真低。」

「只能是妳，這個要求還不夠困難嗎？」

「好，先打住，我感受到你的心意了。」

「感受是一回事，我覺得還是應該給妳一場浪漫的告白，妳不喜歡張揚高調，不然我每天寫一首詩給妳。」

「你說自己不會寫詩！」

「每一天對妳的喜歡都是一首詩——」

「夠了！」

我忍不住伸手摀住他的嘴，熱燙的唇熨上我的掌心，像點燃引信在我體內爆出火光。

他一邊笑著，一邊握住我的手，不期然地扯動，我跌入他的懷裡，貼上他的胸口。

清晰的心跳聲傳遞而來。

「謝謝妳。」

「謝我什麼？」

「給了我一朵盛開的花。」

他低下頭，在我頭頂落下一個淺淺的吻。

「謝謝妳拉住我。」

在花季之前綻放　The Most Beautiful Flowers for You

後記

之一

屬於我的花季遲了好幾年。

故事最一開始，其實是一株擺在病房窗邊的藍雪花，是王慕寧與母親最後一段記憶。後來這些情節都沒了，故事裡也連一絲藍雪花的蹤跡都找不到了。

偶爾總是會這樣，如同成為一切開端的種子，到了盛開那日，縱使將植株連根挖起，也找不到一點種子的殘影，可它依舊是最重要的起點。

《在花季之前綻放》我前前後後寫了好幾個版本，捨棄了十幾萬字，情節設定、人設、調性，甚至角色的名字都一再推翻，然而自始至終都未曾改變的，是女主角的名字，以及故事的內核。

我們心底都有一株等待綻放的花，也許我們耗費了漫長的歲月等著哪個人的澆灌，但終究，能讓種子破土、能讓花朵盛開的，只有我們自身。

而我們每一個人，都值得擁有一朵繁盛的花。

之二

吳欣蓓是我特別想寫的角色。

有很多話想說，但其實故事裡也都說了。

之三

無論如何都想說聲謝謝。

感謝這一路走來始終願意承接我的你們。

Sophia

在花季之前綻放

The Most Beautiful Flowers for You

Sophia
作品集15

國家圖書館出版品預行編目資料
在花季之前綻放／Sophia 著.
—初版.—臺北市：春天出版國際, 2023.01
面；公分.—（Sophia作品集；15）
ISBN 978-957-741-619-3（平裝）
863.57 111018536

ISBN 978-957-741-619-3
Printed in Taiwan

作　者　Sophia
總編輯　莊宜勳
企劃主編　鍾靈
責任編輯　黃郁潔

出版者　春天出版國際文化有限公司
地　址　台北市大安區忠孝東路四段303號4樓之1
電　話　02-7733-4070
傳　真　02-7733-4069
E－mail　frank.spring@msa.hinet.net
網　址　http://www.bookspring.com.tw
部落格　http://blog.pixnet.net/bookspring
郵政帳號　19705538
戶　名　春天出版國際文化有限公司
法律顧問　蕭顯忠律師事務所
出版日期　二〇二三年一月初版
定　價　270元

總經銷　楨德圖書事業有限公司
地　址　新北市新店區中興路二段196號8樓
電　話　02-8919-3186
傳　真　02-8914-5524